KB265210

BESTSELLERWORLDBOOK 61

이쏠과 그레이

알렉산드르 그린 지음 / 류필하 옮김

소담출판사

류필하

고려대학교 노어노문학과를 졸업한 후 모스크바 뿌쉬낀 대학에서 문학 석사학위를 받았고, 현재 뻬쩨르부르그 국립대학에서 박사과정 수학중이다. 저서로는 『러시아 생활 가이드(안정범과 공저, 동아일보사)』가 있고, 역서로는 『다락이 있는 집(체홉 단편집, 소담)』 『사랑의 문법(부닌 단편집, 소담)』 『메아리(유리 나기빈, 소담)』 『도난당한 꿈(마리니나, 중앙M&B)』 『일곱 번째 희생자(마리니나, 문학세계사)』 『코(고골)』 등이 있다.

BESTSELLER WORLDBOOK 61

아쏠과 그레이

펴낸날 | 1998년 1월 23일 초판 1쇄
　　　　2003년 1월 5일　초판 4쇄
지은이 | 알렉산드르 그린
옮긴이 | 류필하
펴낸이 | 이태권
펴낸곳 | 소담출판사
　　　　서울시 성북구 성북동 178-2 (우)136-020
　　　　전화 | 745-8566~7　팩스 | 747-3238
　　　　e-mail | sodam@dreamsodam.co.kr
　　　　등록번호 | 제2-42호(1979년 11월 14일)
기　　획 | 이지현, 박지근
편　　집 | 조희승, 김윤경, 김혜선
미　　술 | 김학수, 박준철, 박미선
영업책임 | 홍순형
영　　업 | 박종천, 이상혁, 안경찬
관　　리 | 최종만, 구영구, 양효숙, 김미순

ISBN 89-7381-385-4　　03890
● 책 가격은 뒤표지에 있습니다.

АЛЫЕ ПАРУСА

Александр Грин

| 차 례 |

"내 돛이 붉어지고
바람이 좋으면 내 가슴 속에는 작은 도우넛을
보았을 때 코끼리가 느끼는 행복보다
더 큰 **행복**이 찾아들 것입니다…"

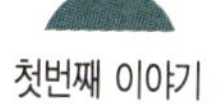

시작, 아쏠이라는 소녀

시작, 아쑐이라는 소녀

튼튼한 300톤 급 상선 〈오리온〉의 선원 롱그렌은 아들이 어머니에게 가지는 애착보다 더 강한 집착을 가지고 십 년이나 몸담았던 직장을 버려야만 했다.
그 일은 이렇게 일어났다.

가끔씩 찾아오는 귀향길의 어느 날, 그는 언제나처럼 멀리서부터 보였어야 할 정겨운 모습을 보지 못했다. 집 문턱에서부터 기쁨에 겨워 두 손을 꼭 쥐고는 숨이 턱에 닿을 때까지 그를 향해 달려오곤 하던 아내, 메리를 말이다. 아내 메리 대신 롱그렌의 작은 집에는 낯선 아기 침대 옆에 걱정스런 얼굴을 한 옆집 아주머니가 서 있었다.
"제가 애를 보러 다닌 지도 벌써 석 달이나 되었어요, 롱그렌 씨!"

그녀가 말했다.

"당신 딸이예요. 보세요."

창백해진 롱그렌은 몸을 숙여 이제 8개월 된 새 생명을 바라보았다. 아기는 앉은 채 그의 턱수염을 뚫어져라 바라보다가는 눈을 내리뜨고 콧수염을 잡아 배배 꼬기 시작했다. 그의 콧수염은 비를 맞은 듯 젖어 있었다.

"메리는 언제 죽었습니까?"

그가 물었다.

여인은 틀림없이 메리는 천국에 갔을 거라고 했다. 그녀는 보채는 아기를 사랑스레 어르느라 이야기를 간간이 끊으며 슬픈 사연을 들려 주었다. 롱그렌이 자세한 내막을 알게 되었을 때, 그에게 천국이라는 곳은 마당에 있는 마구간보다 조금 더 환한 곳일 뿐이라고 생각되었고, 이제는 모두 합해 세 개가 될 램프의 불빛이 미지의 세상으로 떠나가는 여인에게는 무엇과도 바꿀 수 없는 위안이 되리라고 생각했다.

석 달쯤 전, 젊은 애기 엄마의 집안 사정은 말할 수 없는 지경에 이르렀다. 롱그렌이 남기고 간 돈 중에서 반도 넘는 돈이 난산 후의 치료와 새 생명의 건강을 돌보는 데 쓰여졌고, 생활을 위해 꼭 필요한 얼마 되지 않는 돈마저 다 써버린 메리는 멘네르스에게 돈을 꾸러 가지 않으면 안 되었던 것이다. 멘네르스는 트렉터와 가게를 가지고 있는 꽤 재력있는 사람이었다.

메리는 저녁 여섯 시에 그에게로 갔었다. 그리고 일곱 시경, 옆집 아주머니는 리쓰로 가고 있던 그녀를 만났다. 한바탕 울고 난, 몹시 상심한 메리는 약혼 반지를 저당잡히러 시내에 간다고 말했다. 그녀는 멘네르스가 돈을 빌려 주는 데는 동의했지만 그 대가로 사랑을 요구했다고 덧붙였다. 메리는 아무것도 얻을 수가 없었던 것이다.

"우리 집에는 이제 먹을 것이라곤 빵 조각 하나 없어요."

메리는 옆집 아주머니에게 말했다.

"시내로 나가 보면 남편이 돌아올 때까지 딸아이와 어떻게든 견뎌 볼 방법이 있을 거예요."

그날 저녁에는 날씨가 차갑고 바람이 몹시 불었다. 옆집 아주머니는 밤늦게 리쓰로 나가지 말라고 젊은 여인을 설득해 보았지만 소용없는 일이었다.

"곧 비가 와서 흠뻑 젖게 될 거야, 메리. 그리고 바람은 또 어떻고, 저것 좀 봐! 곧 폭풍이 몰아칠 것 같은데……."

습기를 잔뜩 머금은 시골 마을에서 시내까지 나가는 데는 어느 방향으로 가든 빠른 걸음으로도 세 시간은 족히 걸릴 거리였다. 하지만 메리는 아주머니의 충고를 듣지 않았다.

"이제 더 이상은 아주머니께 폐를 끼칠 수 없어요."

그녀가 말했다.

"이제 여기서는 제가 빵 한 조각, 차 한 잔, 밀가루 한 줌이라도 꾸지 않은 집이 없는 걸요. 반지를 저당잡혀야 해요. 그렇게 해야 하구 말구요."

그녀는 시내로 향했고, 그리고 돌아왔다. 그리고는 다음날, 고열에 시달리다 무의식 상태에 빠진 그녀는 마침내 자리에 눕고 말았다. 마음씨 착한 옆집 아주머니가 시내에서 불러온 의사는 어제의 악천후와 높은 습도가 그녀의 폐 양쪽 모두에 염증을 일으켰다고 했다. 일주일 후 롱그렌의 2인용 침대에는 빈 자리가 생겼고, 옆집 아주머니는 그의 집으로 계집아이를 돌보기 위해 옮겨 왔다. 혼자 사는 과부인 그녀에게는 그리 어려운 일이 아니었던 것이다.

"그게 아니더라도……."

그녀가 덧붙였다.

"이런 일이라도 없으면 말할 수 없이 무료하거든요."

롱그렌은 시내로 나가 밀린 월급을 계산하고 동료들에게 작별을 고하고는 어린 아쏠을 키우는 데 온 힘을 쏟기 시작했다. 계집아이가 제대로 걷는 법을 배우기 전까지는 옆집 아주머니가 엄마 없는 아이의 엄마 노릇을 대신하며 선원의 집에서 살았지만, 아쏠이 작은 발을 세워 문턱을 넘어다니고 더 이상 넘어지지 않게 되자, 롱그렌은 아주머니에게 그 동안의 진실한 동정심에 감사를 표하고, 이제는 딸아이를 위해 스스로 모든 것을 다해 나갈 것이라는 굳은 결심을 밝혔다. 그리고는 모든 생각, 희망, 사랑 그리고 추억까지도 어린 생명에게 쏟아 부으며 혼자 사는 외로운 삶의 상처를 씻어가기 시작했다.

　10년에 걸친 여유로운 생활은 그의 손에 아주 적은 액수의 돈만을 남겨 놓았다. 그는 일을 하기 시작했다. 곧 도시의 상점들에는 그가 만든 장난감들이 등장하기 시작했다. 장난감들은 그에게 매우 친숙한 작은 모형보트, 모터보트, 돛이 하나인 범선, 돛이 두 개인 범선, 순양함, 증기선 등이었고, 이러한 그의 작업은 항구에서의 그의 삶과 그림 같은 항해에 대한 그리움을 얼마 간 대신해 주었다. 장난감 만드는 일로 롱그렌은 최대한 아껴 쓰는 범위 내에서 그럭저럭 살아갈 수 있을 만큼의 돈을 얻을 수 있었다. 천성적으로 말이 없던 그는 아내가 죽은 뒤 더욱더 내성적으로 변해 갔고, 사람들을 멀리하게 되었다. 명절이 찾아오면 선술집에서 가끔씩 그를 볼 수 있었지만, 그는 한 번도 자리에 앉는 법이 없었고, 선 채로 서둘러 한 잔의 보드까를 마시고는 이웃들의 모든 물음에 짧게 “예”, “아니오”, “안녕하세요”, “안녕히 계세요”, “조금이요” 하는 말들을 던지고 서둘러 나가 버리는 것이었다. 그는 또한 손님들이 집으로 찾아오는 것도 참을 수 없어 했다. 찾아온 손님들을 마지못해 맞으면서 그는 그들을 더 이상 앉아 있지 못하게 할 이유를 생각해 내느라 허둥대며 불편한 내색을 하곤 했다. 롱그렌 자신 역시, 아무도 방문하지 않았다. 이렇게 그와 동네 사람들은 차갑게 단절되어 갔고, 또한 롱그렌의 하는 일이 시골 마을과는 별반 상관없는 것인지라 그는 이러한 단절을 더 깊게 느낄 수밖에 없었다. 그는 필요한 물건과 식료품을 시내에서 구입했다. 멘네르스는 자신의 상점에서 단한 갑의 성냥도 롱그렌에게 팔 수가 없었다. 롱그렌은 모든 집안 일을 손수 했으며, 남자에게는 맞지 않는 딸을 키우는 섬세한 일도 참을성 있게 해나갔다.

아쏠은 어느덧 5살이 되었다. 롱그렌은 자신의 무릎에 앉아 있는 아쏠의 예민하면서도 순해보이는 얼굴을 찬찬히 들여다보며 점점 더 부드럽게 미소 짓기 시작했다. 그녀는 그의 무릎에 앉아 아버지의 조끼 지퍼를 몰래 채우며 장난을 치거나 뱃사람들의 노래를 유쾌하게 불러댔다. 어린아이의 목소리로 전해지는 이 노래들은 데굴데굴 구르는 듯한 R발음과 한데 어울려 하늘색 리본으로 멋을 낸 춤추는 곰의 인상을 불러일으켰다. 그즈음 아버지를 덮은 그늘이 그의 딸까지도 덮어 버리는 사건이 발생했다.

봄이었다. 겨울처럼 차가운 이른 봄이긴 했지만, 봄은 봄이었다. 3주일 동안이나 차가운 땅 위로 사나운 해변의 북풍이 몰아쳤다.

해변으로 끌어올려진 어부들의 보트들은 어마어마하게 큰 물고기의 등뼈를 연상시키는 길고 검은 줄을 하얀 모래밭에 그려 놓고 있었다. 이런 날씨에는 누구도 일손을 놓는 사람이 없었고, 작은 시골 마을의 하나밖에 없는 길에서는 아주 가끔씩 집 밖으로 나온 사람들을 볼 수 있을 뿐이었다. 해변의 언덕에서 텅 빈 수평선 쪽으로 부는 차가운 질풍은 대기를 활짝 열어 놓아 그 속에서는 얼어버릴 듯한 고통만이 느껴졌다. 까뻬르나 마을의 모든 굴뚝에서는 둥그런 지붕을 덮는 연기를 아침부터

저녁까지 뿜어냈다.

그러나 북풍의 날들은 바다에 청명한 날씨를 뿌려 주고, 까뻬르나를 가벼운 황금빛으로 덮어 주는 태양보다도 더 자주 롱그렌을 작고 따뜻한 그의 집으로부터 꾀어 냈다. 롱그렌은, 길게 줄지어 박은 말뚝을 덮고 있는 작은 다리로 나와 널빤지로 짜맞추어 만든 방파제의 제일 끝에 서서, 강한 바람에 연기를 흩날리며 오랫동안 파이프 담배를 피우고 있었다. 그는 알몸을 드러낸 해변이 간신히 파도의 뒤를 따라잡은 회색 거품으로 들끓는 것을 바라보며 요란한 파도들이 폭풍이 검게 몰려오는 수평선을 향해 달려나가는 것을 지켜 보았다. 그곳에서 파도들은 멀리 있는 평온을 갈구하며 절망의 몸짓을 하고 있는 환상 속, 한 마리의 갈기 달린 짐승이 되어 공간을 온통 가득 채우고 있었다. 바닷물의 높은 비상이 자아내는 신음소리와 굉음은 주변을 둘로 나누는, 눈에 보이는 바람결 같았다. 그렇게 힘찬 바다의 비상은 마치 깊은 잠 속으로 빠져들 때처럼, 롱그렌의 괴로운 마음속에 아련한 슬픔의 고통을 불러일으키는 먹먹한 통증을 전해 주었다.

그러던 어느 날 멘네르스의 12살짜리 아들, 힌은 아버지의 보트가 다리 밑 말뚝에 부딪혀 뱃머리가 부서지는 것을 보고는 아버지에게 달려가 그가 본 것에 대해 수선을 떨었다. 폭풍이 시작된 지 얼마 되지 않아서의 일이었다. 멘네르스는 보트를 모래밭으로 끌어올려 놓는 것을 잊고 있었던 것이다. 그는 서둘러 바다로 갔고, 방파제 끝에서 그에게 등을 돌린 채 서서 담배를 피우고 있는 롱그렌을 보았다. 해변에는 그들 두 사람 외에는 아무도 없었다. 멘네르스는 다리 중간까지 와서 미친 듯이 춤추는 바다로 내려가 배의 범각색(帆脚索)을 움켜잡았다. 보트에 올라선 그는 다리를 받치고 있는 말뚝과 말뚝을 붙잡고 해변 쪽으로 향하려 몸부림을 쳤다. 멘네르스는 노를 잡고 있지 않았다. 그런데 그가 몸을 비틀거리며 다음 말뚝을 잡으려다 놓치는 바로 그 순간, 강한 바람이 보트의 머리를 다리에서 바다 쪽으로 돌려 놓고 말았다. 이제 멘네르스는 자신의 온몸을 아무리 움직여도 가장 가까이에 있는 말뚝조차 잡을 수 없게 된 것이다. 바람과 파도는 보트를 흔들며 그를 파멸의 공간으로 실어 갔다. 사태를 간파한 멘네르스는 해변으로 헤엄쳐 갈 요량으로 물 속으로 뛰어들려 했지만 그의 결정은 한발 늦은 것이었다. 이미 배는 바람에 실려 수심이 매우 깊고 성난 파도가 확실한 죽음을 약속하는 바로 그 곳, 방파제 끝에서 멀지 않은 곳까지 도달해 있었던 것이다. 폭풍이 부는 먼 곳을 넋을 놓고 바라보고 있는 롱그렌과 멘네르스 사이의 거리는 10싸젠(역주. 미터법 채용 이전의 러시아의 길이 단위로 3아르신. 약 2.134 미터) 정도밖에 되지 않았고, 롱그렌의 손 아래, 다리 위에는 한쪽 끝에 무거운 것이 매달려 있는 밧줄 타래가 걸려 있어 아직은 구출이 가능한 거리였다. 이 밧줄은 폭풍이 불 때 다리 위에서 던질 수 있도록 걸어 둔 계류용 밧줄이었다.

"롱그렌!"

두려움에 가득 찬 멘네르스가 소리치기 시작했다.

"뭐 하는 거야! 왜 그렇게 멍청히 서 있어. 내가 떠내려가는 게 안 보여? 밧줄을 던져 줘!"

롱그렌은 보트 안에서 흔들리고 있는 멘네르스를 가만히 바라보며 아무런 대꾸도 하지 않았고, 그의 파이프만이 더욱 세차게 연기를 내뿜고 있을 뿐이었다. 그는 벌어지고 있는 광경을 좀더 자세히 보기 위해 천천히 파이프를 입에서 빼냈다.

"롱그렌!"

멘네르스가 소리쳤다.

"내 말이 안 들려? 어서 구해 줘!"

그러나 롱그렌은 한 마디 말도 하지 않았다. 그는 절망에 찬 통곡을 듣지 못하는 것 같았다. 보트가 멀리 떠내려가지 않아 아직 멘네르스의 고함소리가 가늘게나마 들려올 때까지 그는 한 발짝도 움직이지 않았다. 멘네르스는 공포에 흐느끼면서 롱그렌에게 어부들한테 달려가 도움이라도 청하라고 미친 듯 소리치거나 돈을 주겠노라 약속하기도 하고 협박이나 저주를 퍼붓기도 했지만, 롱그렌은 보트가 흔들려 뒤집어질 듯한 모습을 마지막까지 보기 위해 방파제의 제일 끝부분으로 가까이 다가설 뿐이었다.

"롱그렌!……."

방안에 앉아 있는 사람을 향해 지붕 위에서 소리치는 듯한 아련한 목소리가 전해졌다.

"살려 줘!"

그때, 바람 속으로 자신의 말이 한 마디라도 흩어지는 것을 막기 위해 숨을 한번 깊이 들이마신 롱그렌이 소리쳤다.

"메리도 너한테 이렇게 부탁했어! 아직 살아 있는 동안 그 생각을 한번 해봐, 멘네르스. 그리고 잊지 마!"

외침 소리가 잦아들자 롱그렌은 집으로 향했다. 잠에서 깨어난 아쏠은 불 꺼진 램프 앞에 아버지가 깊은 생각에 잠겨 앉아 있는 것을 보았다. 자신을 부르는 딸아이의 목소리를 들은 그는 그녀에게 다가가 입맞춤을 해주고 벗겨진 이불을 덮어 주었다.

"자거라, 아가야."

그가 말했다.

"아침이 되려면 아직 멀었어."

"아빠는 뭐 해?"

"검은 장난감을 만들었단다, 아쏠……자거라!"

다음날, 까뻬르나 마을 사람들 사이에서는 사라진 멘네르스에 대한 이야기들이 무성했고, 6일째 되는 날, 한 맺힌 얼굴로 죽어 가는 멘네르스가 배에 실려 왔다. 그의 이야기는 곧 작은 시골 마을 전체에 퍼져 나갔다. 분별력을 잃은 멘네르스를 쉴새없이 바다 속으로 처넣으려 위협하는 성난 파도와 무서운 싸움을 하는 동안 뱃머리와 바닥이 부서진 보트는 저녁까지 멘네르스를 싣고 다녔고, 그는 까씨예트로 가는 증기선에 의해 구출되었던 것이다. 감기와 극심한 공포의 충격으로 멘네르스의 삶은 끝을 맺었다. 그는 롱그렌에게 인간이 생각해 낼 수 있는 모든 악담을 퍼부으며 48시간이 조금 못 되는 동안을 살았을 뿐이었다. 롱그렌이 선원으로서 도움을 거절하고 자신의 죽음을 지켜 보기만 했다는 멘네르스의 말은, 그의 화술이 좋은 때문이기도 했지만 죽어 가는 몸으로 신음소리를 섞어 겨우겨우 숨을 몰아쉬며 들려 준 이야기였기 때문에 까삐르나의 모든 사람들을 경악케 하기에 충분했다. 마을 사람들 중 누군가는 롱그렌이 준 모욕보다 더 심한 모욕과 그가 삶의 마지막 순간까지 괴로워한 것보다 더한 고통에 메리가 시달렸었다는 사실을 잊은 채, 롱그렌이 침묵했다는 사실에만 소름 끼치도록 놀라워했고 이해할 수 없는 일이라 생각했다. 멘네르스에게 그가 마지막 말들을 내뱉을 때까지 롱그렌은 침묵한 채 서 있었다. 그는 멘네르스에게 심한 모욕감을 불러일으키고 판사처럼 움직임 없이, 엄숙하게, 조용히 서 있었다. 그의 침묵 속에는 증오보다 더한 그 무엇이 내포되어 있다는 것을 사람들은 느낄 수 있었다. 만일 롱그렌이 멘네르스의 불행을 기뻐하는 몸짓을 보이거나 야단을 떨며 소리소리 질러댔다면, 혹은 멘네르스의 절망을 지켜보면서 다른 어떤 자신만의 의식을 행했다면 어부들은 그를 이해했을 것이다. 그러나 그는 다른 사람들과 다르게 행동했다. 그는 인상적이고 이해할 수 없는 행동을 했으며, 그럼으로써 스스로를 다른 사람들보다 더 높은 자리에 올려놓았던 것이다. 결국 용서받지 못할 일이 되어 버린 것이었다. 그 누구도 더 이상 그를 저주하지 않았고, 손을 내밀지도 않았으며, 안면이 있는 사람에게 보내는 친근한 눈인사조차 건네지 않았다. 그는 완전히 시골 마을에서 한쪽으로 밀려 난 것이었다. 꼬마 녀석들은 그와 마주칠 때마다 등뒤에서 소리치곤 했다.

"롱그렌이 멘네르스를 물에 빠뜨려 죽였대요!"

그는 이런 일에 신경 쓰지 않았다. 또한 선술집이나 해변, 또는 보트 사이에서 자신이 나타나기만 하면 어부들이 갑자기 말을 끊고, 마치 지독한 병에 걸린 사람을 피하듯 한쪽으로 물러나는 것도 감지하지 못하는 것 같았다. 멘네르스와의 사건은 이전부터 존재해 왔었던 불완전한 단절을 확실한 것으로 만들어 주는 계기가 되었다. 이제 견고해져 버린 이 격리감은 상호 간의 증오심을 불러일으켰고, 이 단절의 그늘은 아쏠에게까지 떨어졌다.

소녀는 친구 없이 자랐다. 까뻬르나에 살고 있는 2,30명의 또래 아이들, 세상의 모든 아이들처럼 어머니, 아버지의 흔들림 없는 권위가 바탕을 이룬 가정교육 하에서 물가의 스펀지처럼 자라 단번에 모든 것을 파악해 버리는 아이들은 어린 아쏠을 자신들의 보호와 관심의 영역에서 영원히 지워 버렸다. 물론 이것은 서서히 진행되었다. 처음에는 훈계와 강한 금지를 뜻하는 어른들의 고함 소리로 시작되었고, 나중에는 강도를 더한 험담과 헛소문으로 이어져 어린아이들의 머리 속에는 선원의 집에 대한 공포의 싹이 돋아 나기 시작했다.

게다가 롱그렌의 폐쇄적인 생활태도는 소문의 히스테릭한 혀를 더욱 자유롭게 했다. 선원에 대해서는 그가 어디에선가 누군가를 죽였다는 등, 그래서 그는 더 이상 배에서 일을 할 수가 없다는 둥 또, 그의 성격이 음울하고 사람을 꺼리는 것은 그가 스스로 〈범죄자로서의 양심을 갉아먹고 있는 것을 괴로워하고〉 있기 때문이라는 등의 소문이 떠돌았다. 아이들은 놀다가도 만약 아쏠이 그들에게로 다가오면 더러운 흙을 던지며 그녀를 쫓았고, 그녀의 아버지는 사람 고기를 먹었고, 또 지금은 위조 지폐를 만들고 있다고 놀려댔다. 아이들과 친해지려는 그녀의 사심 없는 시도들은 번번히 쓰라린 눈물이나 퍼렇게 든 멍, 할퀴어진 상처, 또는 새로운 소문의 출현으로 막을 내리고 말았다. 그녀는 마침내 스스로를 놀림거리로 만드는 일을 그만두었지만 그래도 이따금씩 아빠에게 묻곤 했다.

"아빠, 사람들은 왜 우리를 좋아하지 않는 거야?"

"에이, 아쏠."

롱그렌이 말했다.

"그 사람들이 사랑이라는 걸 할 줄 알겠니? 그러니까, 사람은 사랑을 할 줄 알아야 해. 그런데 그 사람들은 사랑할 줄 모르는 거란다."

"사랑할 줄 안다는 게 뭐야?"

"그건 바로 이렇게 하는 거지!"

그는 소녀를 두 손으로 안고, 부드럽게 위로하며 살짝 찡그려진 시무룩한 눈에 입맞추었다.

아쏠은, 저녁이나 휴일이 되면 아버지가 물감통과 용구들 그리고 아직 마치지 않은 일을 잠시 멈추고 앞치마를 벗은 채 이빨 사이에 파이프를 물고 앉아 휴식을 취할 때가 가장 좋았다. 그때가 되면 그녀는 아버지의 무릎에 앉아 그의 세심한 사랑을 온몸으로 느끼며 장난감에 대해 이것저것 물어 보면서 그것들을 만지고 노는 것이 즐거웠기 때문이었다. 그럴 때면 으레 삶과 사람들에 대한 독특하고 환상적인 강의가 시작되었다. 이 강의에서는 롱그렌이 살아온 삶의 자취 때문에 우연성과 거칠고 놀라운, 특이한 사건들이 항상 중요한 자리를 차지하곤 했다. 롱그렌은 작업도구 하며, 돛 그리고 뱃사람들의 일상생활에 관련된 물건들의 이름을 알려 주며 이러한 설명들에서 출발해 배의 교반이나 방향타, 돛대 또는 보트의 한 모델이 주인공으로 등장하는 여러 가지 에피소드로 자연스레 이야기를 끌고 갔다. 그리고 또 이러한 단편적인 삽화들로부터 실화 속에 전설을 섞은, 또 자신의 환상 속에 진실을 혼합한 바다에서의 항해라는 커다란 그림으로 옮아 가는 것이었다. 여기서 호랑이 같은 고양이, 배의 침몰을 부르는 귀신, 명령을 듣지 않으면 배를 항로에서 벗어나게 하는, 말을 하며 날아다니는 물고기, 또 자신의 미쳐 날뛰는 배를 짊어지고 날아다니는 네덜란드 인이 태어났고, 불길한 징조, 예언, 인어, 해적 등 바람 한점 없이 날씨가 좋을 때나 특별히 좋아하는 담배를 음미할 때 선원들이 느끼는 한가로움을 단축시키는 모든 우화들이 생겨났다. 롱그렌은 또한 조난당한 이들과 사람들과 이야기하는 법을 잊어버린 거친 사람들, 숨겨진 보물과 죄수들의 폭동, 또 그 밖에도 많은 이야기를 들려 주었고 소녀는 콜롬보의 첫 번째 이야기를 들을 때보다 더 주의깊게 귀를 기울였다.

"더 얘기해 줘, 아빠. 응?"

생각에 잠긴 롱그렌이 환상의 꿈에 빠져 머리를 떨군 채 입을 다물고 있을 때면 아쏠은 이렇게 졸라대는 것이었다.

소녀에게 항상 커다란 물질적인 만족을 안겨다 준 사람은 롱그렌의 장난감들을 언제나 기분 좋게 사가곤 하는 시내의 장난감 가게 주인이었다. 아버지를 구워 삼고 덤으로 장난감 몇 개를 더 얻어 가기 위해 주인은 항상 그의 딸을 위한 사과 두 개와 달콤한 케이크, 그리고 한 줌의 땅콩을 가지고 왔다. 롱그렌은 흥정을 좋아하지 않아 제 가격만을 요구했지만 주인은 늘 값을 깎곤 했다.

"에이 아저씨……"

롱그렌이 말했다.

"저는 이 거룻배를 만드느라 일주일을 꼬박 앉아 있었어요. 보세요, 얼마나 튼튼하게 만들어졌는지. 배 밑 부분이 물에 잠기는 깊이를 보세요, 충분하죠? 이 거룻배는 어떤 날씨에서건 열 다섯 명은 거뜬히 태울 수 있다고요."

흥정은 항상 자기 몫의 사과 앞에서 노래를 흥얼거리며 조용히 뛰노는 소녀로 인해 끝이 났다. 그런 딸아이를 볼 때면, 롱그렌은 고집을 부리면서까지 논쟁해야 할 이유를 잊어 버린 채 곧 양보하고 마는 것이었다. 그러면 주인은 바구니에 훌륭하고 튼튼한 장난감들을 담아 코웃음을 치면서 사라져 버렸다.

모든 집안 일은 롱그렌이 도맡아했다. 장작을 패고 물을 긷고, 난로에 불을 지피고, 요리를 하고, 빨래를 하고 또, 이 모든 일 외에 돈을 버는 일도 훌륭히 해냈다. 아쏠이 8살이 되었을 때, 아버지는 그녀에게 읽고 쓰는 것을 가르쳤다. 그는 가끔씩 아쏠을 시내로 데리고 나가기도 했고, 얼마 지나지 않아서는 아쏠을 혼자 시내로 내보내 필요한 경우 가게에서 돈을 받아 오거나, 장난감을 내가는 일을 맡기기도 했다. 리쓰는 까뻬르나에서 4베르스따(역주. 미터법 시행 전 러시아의 거리 단위. 500 싸젠. 1,067킬로미터) 거리에 있어 그리 멀지는 않았지만 가는 길에 숲을 지나야 했다. 숲에는 신체적인 위험 외에도, 사실상 도시와 이렇게 가까운 거리에서는 일어나기 힘든 일이기는 하

지만 아이를 놀라게 할 만한 많은 위험한 일들이 있었기 때문에 롱그렌은 아쏠 혼자 자주 시내로 내보내지는 않았다. 그래서 날씨가 좋은 날 아침, 숲속의 길이 햇빛과 꽃들과 고요함으로 가득 차 유령에 대한 상상이 아쏠을 위협하지 않을 때에만 롱그렌은 소녀를 혼자 시내로 내보내곤 했다.

어느 날, 시내로 가는 여행길의 중간쯤에서 소녀는 아침 식사거리로 바구니에 담겨 있던 케이크 한 조각을 먹기 위해 길가에 앉아 있었다. 아침을 먹으며 아쏠은 장난감들을 만져 보았다. 그것들 중 두세 개는 처음 보는 것들이었다. 롱그렌이 밤에 만들었기 때문이었다. 그 중 아쏠의 눈에 들어온 것은 작은 경주용 요트였다. 작고 가벼운 하얀 배는, 롱그렌이 어느 부유한 고객의 장난감을 만들 때, 증기선의 선실을 붙이는 데 사용했던 실크 조각으로 만든 붉은 돛을 달고 있었다. 아마도 롱그렌은 돛으로 사용할 만한 다른 재료를 찾지 못해 붉은 실크 조각을 사용한 것 같았다. 아쏠은 그 요트에 매료되었다. 불타는 듯한 경쾌한 빛은 너무도 환하게 그녀의 손에서 타올라 마치 그녀가 불꽃을 쥐고 있는 것 같았다. 길을 가로질러 시내가 흐르고 있었고, 냇물에는 드문드문 통나무 다리가 놓여 있었다. 시내는 오른쪽, 왼쪽 양 방향이 모두 숲을 향해 흐르고 있었다.

'이 요트를 물에 띄워서 잠깐 동안만 헤엄쳐 보게 하면 어떨까?'

아쏠은 생각에 잠겼다.

'요트는 어차피 물에 젖지 않을 테니까 나중에 내가 닦아 내

면 되지 뭐.'

숲속 통나무 다리 뒤쪽으로 다가간 소녀는 시냇물의 흐름에 맞춰 기슭 맨 가장자리에다 배를 조심스레 내려놓았다. 그러자 돛은 투명한 물 속에 붉은 음영을 드리우며 반짝이기 시작했다. 돛을 꿰뚫은 빛은 떨리는 장밋빛으로 냇물 바닥에 누운 하얀 돌 위에 그대로 투영되었다.

"당신은 어디서 왔나요, 선장?"

아쏠은 상상에 잠긴 얼굴로 엄숙하게 묻고는 스스로에게 대답했다.

"나는…… 나는…… 나는 중국에서 왔소."

"무엇을 싣고 왔나요?"

"무엇을 싣고 왔는지는 말해 줄 수 없소."

"흠, 그렇다면 선장! 정 그러시겠다면 당신을 다시 내 바구니에 도로 집어 넣겠소."

선장이 막 순순히 대답을 하려할 때, 농담을 했을 뿐이라고, 이제 막 코끼리를 보여 줄 참이었다고 말하려 했을 때 갑자기 시내 기슭의 잔잔한 물결이 요트의 머리를 냇물의 중심 쪽으로 돌려 놓았고, 그러자 배는 진짜 요트처럼 기슭을 떠나 아래쪽으로 유유히 떠내려가기 시작하는 것이었다. 순간적으로 눈에 보이는 모든 것들의 척도가 변하고 말았다. 소녀에게 시내는 거대한 강처럼 보였고, 요트는 멀리 떠 있는 커다란 배처럼 보였다. 놀랍고 당황한 마음에 소녀는 간신히 물에 빠지지 않을 정도로만 온몸을 쭉 펴서 요트를 향해 있는 힘껏 손을 뻗었다.

'선장이 놀랐겠어.'

소녀는 잠시 생각에 잠겼다. 배가 어디쯤에선가 기슭에 닿기를 기도하며 떠내려가는 장난감을 뒤쫓아 달리기 시작했다. 무겁지는 않지만 성가신 바구니를 급히 챙겨 들며 소녀는 말했다.

"오, 세상에! 이런 일이 일어나다니……."

그녀는 유유히 달아나는 삼각 돛의 아름다운 모습을 시야에서 놓치지 않으려 애쓰면서 부딪치고, 넘어지고, 또다시 내달렸다.

아쏠은 한 번도 지금처럼 숲 깊숙한 곳으로 들어온 적이 없었다. 장난감을 잡고 싶다는 간절한 바람에 주변을 살필 겨를이 없었던 것이다. 그녀가 헤매고 있는 이 시냇가 주변에는 그녀의 시선을 끌 만한 꽤나 많은 훼방꾼들이 있었는데도 말이다. 나무에서 떨어진 이끼 긴 가지들, 구덩이, 키큰 양치식물, 들장미, 쟈스민 그리고 개암나무가 그녀의 한발한발을 가로막고 있었다. 그것들을 비켜 가며 그녀는 서서히 힘을 잃었고, 점점 더 자주 숨을 고르거나 얼굴에서 끈적거리는 거미줄을 떼내기 위해 멈춰 서야 했다. 잡목 숲이 있는 좀더 넓은 곳으로 빠져 나왔을 때, 아쏠은 붉은 돛의 반짝임을 시야에서 완전히 놓쳐 버렸다. 하지만 냇물이 굽이 돌자 그녀는 다시 흔들림 없이 유유히 떠내려가고 있는 돛을 볼 수 있었다. 그녀가 정신을 차리고 주위를 둘러보았을 때, 숲은 나뭇잎 사이로 쏟아지는 햇살의 뽀얀 연기 같은 기둥들과 졸음에 겨운 어둠의 조각들을 함께 품고 있어, 그 현란한 숲의 웅장함은 아쏠에게 깊은 인상을 심어 주었다. 순간적으로 두려움에 빠져 있던 그녀는 다시금 장난감을 기억해 내고는 몇 번이나 깊게 푸우우 하는 소리를 내뱉고 온 힘을 다해 달리기 시작했다.

아쏠이 피로에 지쳐 힘겹고 불안한 마음으로 한 시간 가량을 달려왔을 때, 모래 절벽의 노란 경계선과 구름, 바다의 푸르름이 코앞의 나무들 사이로 펼쳐지자 그녀는 놀라우면서도 안도감에 찬 눈길로 그 풍경을 응시했다. 이곳은 시내의 하구였다. 좁고 잔잔하게 퍼져나가는 시냇물의 파란 흐름이 보였고, 바다의 파도와 시냇물이 만나는 바로 그곳에서 배는 사라졌다. 야트막이 깎인 절벽 위에 서서 아쏠은 시냇가의 평평한 큰 돌 위에서 자신에게 등을 돌린 채 달아난 요트를 손에 들고 마치 나비를 잡은 코끼리처럼 호기심에 가득 찬 눈길로 요트를 이리저리 살피고 있는 한 사람을 발견했다. 장난감이 사정거리 안에 있다는 사실에 안심한 아쏠은 절벽을 따라 기어 내려와 그의 시선을 주시하면서 그 낯선 사람에게로 다가갔다. 그가 고개를 들고 자신을 보아 주기를 기대하면서……. 하지만 이방인은 숲이 준 선물에 너무 몰두해 있었고, 따라서 소녀는 그를 머리부터 발끝까지 관찰할 수 있었다. 그리고는 내리게 된 결론이 이 낯선 사람과 비슷한 사람은 지금껏 한 번도 본 적이 없다는 것이었다.

아쏠의 눈앞에는 보통사람과는 전혀 달라 보이는, 마치 노래와 신화, 전설, 옛날 이야기를 수집하기 위해 걸어서 여행을 다닌다는 유명한 예글리(역주. 전국을 돌아다니며 민간에 구전되는 노래, 전설, 옛날 이야기를 수집해서 사람들에게 들려주었다는 전설 속의 인물.) 같은 사람이 서 있었다. 그의 밀짚모자 밑으로는 희끗

희끗한 곱슬머리가 물결처럼 흘러내려와 있었고, 회색 블라우스는 파란 바지 속에 단정히 집어 넣어져 있었으며, 목이 긴 장화는 그에게 사냥꾼 같은 인상을 더해 주었다. 또한 하얀 깃, 넥타이, 은 장식으로 모양을 낸 허리띠, 지팡이, 새 니켈 자물쇠를 단 가방은 또 그가 도시인임을 말해 주고 있었다. 그의 얼굴, 만약 그것을 얼굴이라고 할 수 있다면 코, 입술, 그리고 눈, 마구 자라 빛을 내는 듯한 구레나룻, 거칠게 뿔처럼 위로 솟은 숱많은 콧수염을 내려다보는 그의 눈은 그것이 만약 눈이 아니라고 생각했다면 마치 회색 모래나 윤이 나는 깨끗한 금속처럼 생기 없이 투명하게만 보였을 것이다. 하지만 그의 시선만은 용감하고 힘차 보였다.

"이제 주세요."

소녀가 겁먹은 목소리로 말했다.

"이제 많이 가지고 놀았잖아요. 그런데 그걸 어떻게 잡았나요?"

예글리는 요트를 떨어뜨리며 고개를 들었다. 아쏠의 흥분한 목소리는 그렇게 갑작스레 울려 퍼졌던 것이다. 노인은 잠시 그녀를 바라보고는 미소 띤 얼굴로 천천히 수염을 쓸어내리고 힘줄 투성이의 커다란 주먹을 내렸다. 여러 번 빨아 낡은, 사라사로 만든 원피스는 가늘고 볕에 그을린 소녀의 다리를 겨우 무릎까지만 가려 주고 있었다. 그녀의 숱많은 검은색 머리칼은 레이스로 장식된 수건에 묶여 어깨까지 내려와 있었다. 아쏠의 모습은 제비의 날아오르는 모습처럼 가볍고 깨끗했다. 서글픈 의문들을 담고 있는 듯한 그녀의 검은 눈은 얼굴을 다소 나이

들어 보이게 했지만, 약간 삐뚤어진 부드러운 타원형 얼굴은 건강한 하얀 피부에 멋진 그을음으로 매력을 더하고 있었다. 반쯤 열린 그녀의 작은 입은 선량한 미소로 빛났다.

"그림마미, 이솝, 그리고 안델센에게 맹세하건데……"

예글리는 소녀와 요트를 번갈아 보며 말했다.

"이건 뭔가 특별한 거야. 얘야! 이게 네 것이냐?"

"예, 그걸 쫓아서 시냇물 끝까지 달려온 걸요. 저는 죽는 줄 알았어요. 그 배가 여기 있었나요?"

"바로 내 발옆에 있었지. 배가 침몰한 원인이 나한테 있으니까 나는 해적의 자격으로 이 선물을 네게 줄 수도 있어. 짐을 실은 요트는 큰 파도를 만나 모래밭으로 쓰러진 게지. 내 왼쪽 발꿈치와 지팡이 끝부분 사이에 말이야."

그는 지팡이를 툭 쳤다.

"이름이 뭐냐, 꼬마야?"

"아쏠."

예글리가 내민 장난감을 바구니 속에다 감추며 소녀가 말했다.

"좋아."

저 깊은 곳에서는 친근한 미소가 빛을 내고 있는 눈을 아쏠에게서 떼지 않은 채 노인은 알아들을 수 없는 이야기를 계속했다.

"나는 사실 네 이름을 물어 볼 필요도 없었단다. 네 이름이 그렇게 화살이 날아가는 소리나 바다 조가비가 내는 소리처럼 특이하고 단음적이고 음악적이라 참 좋구나. 만약 네 이름이,

아름다운 미지의 세계에서는 더없이 낯설게만 느껴지고, 훌륭
하게는 들리지만 참을 수 없이 평범한 이름들 중 하나였다면
내가 무엇을 할 수 있었겠니? 게다가 나는 네가 누구이고, 네
부모가 누구인지, 또 네가 어떻게 사는지도 알고 싶지 않은데
말이야. 무엇 때문에 매력을 망칠 필요가 있겠냐구? 나는 이 돌
위에 앉아서 핀란드 이야기와 일본 이야기의 비교 연구를 하고
있었는데…… 갑자기 시냇물에서 이 요트가 튀어나왔단다. 그
리고는 네가 나타났지……. 지금 그 모습대로 말이야. 나는,
아가야, 영혼의 시인이란다. 비록 한 번도 시를 지은 적은 없지
만 말이다. 그런데 네 그 바구니 속에는 뭐가 들어 있니?"

"작은 보트들이요."

바구니를 흔들며 아쏠이 말했다.

"또 증기선하구요, 깃발 달린 이런 작은 집도 세 개나 있어
요. 거기엔 병사들이 살지요."

"아주 좋아. 이것들을 팔려고 너를 보낸 거구나. 가는 길에
너는 장난감을 놓친 거구. 넌 요트를 물에 띄웠는데 요트가 떠
내려가 버린 거지, 그렇지?"

"다 봤어요?"

아쏠은 자기 입으로 그 이야기를 먼저 했었는지 기억해보려
애쓰며 의심에 찬 눈길로 물었다.

"누가 얘기해 준 거예요? 아니면 알아맞힌 거예요?"

"나는 그걸 알고 있었어."

"어떻게요?"

"왜냐하면 나는…… 마법사 중에서도 가장 훌륭한 마법사니

까."

　아쏠은 당황했다. 예글리의 이 말들로 인해 그녀의 긴장감은 놀람의 경계를 넘어서고 말았다. 넓은 해변, 고요함, 요트와의 힘겨운 모험, 반짝이는 눈을 가진 노인의 이해할 수 없는 이야기, 그의 수염과 머리카락의 위풍당당함. 이 모든 것은 소녀에게 초자연적인 힘과 현실이 뒤섞여 만들어진 알 수 없는 그 무엇처럼 느껴졌다. 이제 아쏠은 예글리에게 찡그린 얼굴을 해보이거나, 무슨 소리라도 내지르며 엉엉 울고는 멀리 도망쳐 버리고 싶었다. 그러나 크게 벌어진 그녀의 눈을 보고 이를 눈치챈 예글리는 급히 태도를 바꾸었다.

　"넌 조금도 나를 무서워할 필요가 없단다."

　그는 진지하게 말했다.

　"나는 너와 마음을 터놓고 얘기하고 싶을 뿐이니까."

　그는 자신이 소녀에게서 받은 느낌이 그녀의 얼굴에 너무도 잘 드러나 있음을 곧 알 수 있었다.

　'아름답고 축복받은 운명에 대한 본능적인 기대.'

　그는 결심했다.

　'아, 나는 왜 작가로 태어나지 않았을까? 이 얼마나 훌륭한 애깃거리인가 말이다.'

　"자, 그러니까……."

　예글리는 이야기를 만들어내는 작가적 위치에 놓인 자신의 입장을 의식하지 않으려 애쓰면서 이야기를 계속해 나갔다. 전설 따위를 모으러 다니는 그의 매일의 일과가 그에게 신화를 창조하고픈 욕망을 불러일으켰고, 그 욕망은 미지의 땅에 거대한 상상의 씨앗을 던지는 위험을 감수할 만큼, 그렇게 강렬했던 것이다.

"자, 그러니까 아쏠, 내 얘기를 잘 들어 보렴. 나는 네가 떠나왔던 그곳, 그러니까 이름이 까뻬르나인 그 시골 마을에 갔었단다. 나는 옛날 이야기와 노래를 무척 좋아해서 아직 누구도 들어 본 적이 없는 것이라면 어떤 것이든 들어 보려고 하루 종일 시골 마을에 앉아 있었단다. 그런데 너희 마을에서는 옛날 이야기들을 하지도 않고, 노래도 부르지 않더구나. 만약 사람들이 옛날 이야기를 하고 노래를 부른다면……. 너 이런 이야기 아니? 꾀 많은 남자들과 속임수를 아주 좋아하는 병사들에 관한 이야기, 또, 안 씻은 발처럼이나 더럽고 뱃속에서 나는 꼬르륵 소리만큼 고상하지 못한 이야기들, 음… 또, 무서운 이야기를 가지고 지은 짧은 4행시들……. 잠깐, 내가 하려던 이야기는 이런 게 아니었지, 다시 이야기를 시작하마."

잠시 생각에 잠겨 있던 그는 이윽고 입을 열었다.

"몇 년이 걸리게 될 지는 모르겠지만……. 까뻬르나 마을에 오랫동안 전해질 옛날 이야기 하나가 꽃피게 될 거란다. 아쏠, 네가 커다랗게 자라게 되면, 어느 날 아침 바다 저 먼 곳에서 태양 아래 붉은 돛 하나가 빛을 내며 나타나게 될 거야. 붉은 돛을 단 하얀 배의 빛나는 커다란 몸뚱이는 파도를 가르며 곧장 네게로 전진해 올 거란다. 이 멋진 배는 아무 소리도 내지 않고, 축포도 쏘아올리지 않은 채 조용히 헤엄쳐 올 거야. 해변에는 많은 사람들이 놀라 탄성을 지르며 모여들게 될 테고 물론 너도 그곳에 서 있게 될 테지. 배는 아름다운 음악 속에 웅장한 모습으로 바로 해변가까지 와닿고, 그 배에서 양탄자에 금과 꽃으로 장식된 멋지고 빠른 보트 한 대가 내려올 거야. '당신은 왜 이곳에 왔나요? 당신은 누굴 찾으십니까?' 사람들이 해변에서 묻겠지. 그때 넌 용감하고 잘생긴 왕자를 보게 될 거야. 그는 일어서서 네게 손을 내밀며 이렇게 말할 거란다. '안녕, 아쏠! 나는 아주아주 먼 곳에서 꿈 속에 당신을 보고 당신을 나의 왕궁으로 영원히 데려가기 위해 이곳으로 왔소. 그곳에서 당신은 나와 함께 깊고 깊은 장밋빛 골짜기에서 살게 될 거요. 그리고 또, 원하는 건 그 무엇이든 다 가질 수 있소. 당신과 내가 함께하는 삶은 항상 정겹고 즐거울 테니, 당신은 이제 눈물이나 슬픔 따윈 잊어버리게 될 것이요.'라고……. 그는 너를 보트에 태워 배로 데려갈 테고, 너는 해가 떠오르고, 너의 도착을 축하하기 위해 하늘에서 별이 떨어지는 찬란한 나라로 영원히 떠나게 될 거란다."

"그 모든 일이 나한테 일어난다구요?"

소녀는 조용히 물었다. 생기를 되찾은 그녀의 눈은 곧 신뢰의 빛으로 빛났다. 물론 위험한 마법사는 그 배가 가까이 다가오고 있다고 말하지는 않았다.

"어쩌면 벌써 왔는지도 모르지……. 그 배가 말이야."

"하지만 그렇게 빨리는 아니란다."

예글리가 말했다.

"내가 말한 대로 우선 네가 자라 어른이 되어야지. 그 다음에 말이다……. 무슨 말을 할까? 음……. 그래, 그렇게 될 거야, 암, 그렇게 되고 말고. 그러면 그때 넌 뭘 하겠니?"

“나요?”

그녀는 바구니 속을 들여다보았지만, 거기에는 이런 커다란 선물에 보답할 만한 그 무엇도 들어 있지 않았다.

“난 왕자님을 사랑해 줄 거예요.”

서둘러 대답한 그녀는 조금 자신없는 목소리로 덧붙였다.

“만약 왕자님이 싸움을 하지 않는다면요.”

“아니야, 싸움 같은 건 하지 않을 거야.”

마법사는 비밀을 함께 나누어 가진 듯 아쏠에게 눈을 찡긋해 보인 다음 말했다.

“그러지 않을 거야. 내가 장담할 수 있어. 가거라, 꼬마야. 그리고 힘겨운 세상살이에 대한 노래들과 향기로운 술 한모금 사이를 오가는 이 할아버지가 네게 들려 준 이야기를 잊지 말 거라. 가라, 네 머리 속에는 풍요로운 세상이 펼쳐질 게다!”

롱그렌은 자신의 작은 채소밭에서 감자 덩굴을 정리하는 일을 하고 있었다. 문득 고개를 든 그는 기쁨에 가득 찬 얼굴로 자신을 향해 달려오고 있는 아쏠을 보았다.

“저기, 그러니까요……”

그녀는 호흡을 가다듬으려 애쓰며 이렇게 말하고는 아버지의 앞치마를 움켜잡았다.

“아빠, 내 얘기 좀 들어 봐요……. 해변에, 저기, 저 멀리에 마법사가 있는데요……”

아쏠은 마법사와 그의 예언에 대해 얘기하기 시작했다. 하지만 그녀는 머리 속의 많은 생각들로 인하여 그녀에게 일어났던 모든 일들을 차례대로 이야기할 수 없었다. 그녀는 너무 들떠 있었던 것이다. 계속해서 그녀의 입을 통해 나온 말은 마법사의 외모에 대한 묘사들이었고, 그것도 뒤죽박죽 이상한 순서로 설명들이 이어졌다. 그리고는 이제 물에 떠내려간 보트 이야기를 하기 시작했다. 롱그렌은 미소도 짓지 않은 채, 말을 끊으려 하지도 않으며 딸의 이야기를 주의깊게 들었고, 그녀가 말을 마쳤을 때, 그의 머리 속엔 한 손에는 향기로운 술병 하나를 들고 다른 손에는 장난감을 들고 서 있는 미지의 노인의 모습이 순식간에 그려졌다. 그는 몸을 돌렸다. 하지만 어린아이들이 겪는 많은 일들에 대해 어른들은 진지하고 경이로운 자세로 그 사건들을 받아들여야 한다는 사실을 떠올리고는 소녀를 달래며 진지하게 머리를 끄덕였다.

42

"그래, 그래. 그런 특징들로 봐서 어떤 사람은 마법사처럼 그렇게 특이하게 보일 수도 있단다. 내가 그 사람을 한번 봤으면 좋았을 텐데……. 하지만, 너, 다음에 시내로 나갈 때는 이번처럼 다른 길로 빠져서는 안 돼. 숲속에서는 길을 잃기 쉽거든."

일하던 삽을 저쪽으로 내던진 그는 키작은 마른 나뭇가지로 엮은 울타리 가까이에 앉아 딸을 자신의 무릎에 앉혔다. 피로에 지친 그녀는 아직도 어떤 세세한 부분까지 이야기하려 애썼지만, 열기와 흥분과 피로가 그녀를 잠 속으로 인도했다. 그녀의 눈이 스르르 감기자, 머리가 튼튼한 아빠의 어깨 위로 떨어졌다. 그런데 그녀가 막 꿈나라로 들어서려는 순간, 갑작스레 찾아든 불안한 마음에 아쏠은 눈을 감은 채 똑바로 앉아 작은 손으로 아빠의 조끼를 꽉 쥐고는 큰소리로 말했다.

"아빠는 어떻게 생각해요, 마법의 배가 나를 데리러 올까요,
오지 않을까요?"

"올 거야."

아빠는 조용한 목소리로 대답했다.

"네게 들려준 이야기라면 그건 틀림없는 거야."

'나이가 들면 잊어버리겠지…….'

롱그렌은 잠시 생각에 잠겼다.

'아직은……. 지금은 네게서 그런 장난감을 빼앗을 필요가
없겠지. 네가 자라면 붉은 돛이 아니라 더럽고 난폭한 돛들을
수없이 보게 될 테니까. 멀리서는 그렇게 하얗고 아름답게만
보이다가도 가까이 다가오면 찢어지고 뻔뻔스러운 모습을 드러
내고 마는……. 지나가는 행인이 내 딸을 가지고 장난을 친 게
야. 이게 도대체 무슨 짓이람. 선량한 농담이라니! 괜찮아, 농
담일 뿐인데 뭐! 이것 좀 봐, 얼마나 지쳐 골아 떨어졌는지. 반
나절을 숲속을 헤매고 다녔으니. 아쏠, 붉은 돛에 대해서는 아
빠처럼 생각하거라. 네게 붉은 돛이 찾아오리라고…….'

이쏠은 잠에 빠져 들었다. 롱그렌은 한 손으로 파이프를 꺼
내 담배를 피우기 시작했고, 바람은 연기를 울타리 너머 채소
밭 바깥 쪽, 잡목 덤불 속으로 실어갔다. 잡목 덤불 옆에는 울
타리에 등을 기대 앉은 채 지나가던 걸인이 빵을 씹고 있었다.
아버지와 딸의 대화는 그에게 유쾌한 기분을 가져다 주었고,
좋은 담배 냄새가 기분을 더욱 상쾌하게 만들어 주었다.

"나리, 불쌍한 사람에게 담배 좀 줍쇼."

걸인은 나무 울타리 사이로 말을 건넸다.

"제 담배는 나리 담배에 비하면 담배도 아닙니다요, 독이라면 모를까."

"나도 주고 싶소만……."

낮은 목소리로 롱그렌이 말을 받았다.

"내 담배가 지금 저쪽 주머니에 들어 있소. 그런데 보시다시피 나는 지금 잠든 내 딸을 깨우고 싶지가 않구려."

"그것 참! 딸아이는 깨어나도 다시 잠들면 되고, 지나는 행인은 담배만 하나 얻어 피우면 될 것을 가지고……."

"그래도……."

롱그렌이 말했다.

"어쨌거나 당신에게 담배가 없는 건 아니잖소. 아이는 피곤해서 지금 골아 떨어졌소이다. 정 이 담배가 피우고 싶다면 나중에 오시오."

걸인은 치사하다는 듯 침을 내뱉고는 지팡이에 보따리를 묶으며 욕을 해댔다.

"왕자, 좋지. 너는 계집아이의 머리에다 그 있지도 않은 머나먼 바다에서 올 배를 쑤셔 넣은 거야! 아이고 이 터무니없는 괴짜 같으니라구, 게다가 주인나리시라니!"

"이것 봐."

롱그렌이 속삭였다.

"나는 지금 기꺼이 딸아이의 잠을 깨울 수도 있어. 하지만 내가 그렇게 한다면 그건 네놈의 그 튼튼한 목에 비누질을 해주기 위해서야. 어서 꺼져!"

반 시간 후, 걸인은 선술집에서 한 무리의 어부들과 함께 테

이불에 둘러 앉았다. 그들 뒤로는 남자들의 소맷자락을 붙잡고 있거나, 그들의 어깨 너머로 자신들이 마실 잔에 보드까를 살짝살짝 따르고 있는, 짙은 눈썹에 조약돌처럼 통통한 팔뚝을 가진 여자들이 앉아 있었다. 걸인은 모욕감에 열을 올리며 주절주절 얘기를 늘어놓았다.

"그래서 저한테 담배를 주지 않았다구요. 그리고 그가 이런 말을 했어요. '네가 성년이 되는 해에, 그때……' 뭐라더라… '특별히 너를 위해 만들어진 빨간 배가…… 너를 데리러 올 거야. 왜냐하면 네 운명은 왕자에게 시집가는 거니까. 그리고 그 마법사를 믿거라.' 세상에 이렇게 말하는 거예요. 저는 뭐, 이렇게 말했죠. 깨워요, 깨워, 담배 좀 주세요. 그랬더니 세상에, 내 뒤를 쫓아서 여기까지 오는데 반쯤은 쫓아왔을 걸요?"

"누가요? 뭘? 무슨 얘기하는 거예요?"

여인들의 호기심 어린 목소리가 들려왔다. 어부들은 마지못해 고개를 돌리고 비웃음을 섞어 가며 얘기를 들려 주었다.

"롱그렌이 그 딸년하고 같이 아주 거칠어져 버렸구만, 어쩌면 판단력이 흐려졌는지도 모르고, 저 사람 얘기로는 그 사람 집에 요술쟁이가 나타났다는구먼, 그럼 그렇게 이해를 하는 게 맞지. 그래서 그 사람들은 기다리고 있대……. 어이, 아줌마들, 거기 하품하지 마쇼! 뭘 기다리냐 하면, 바다의 왕자님을, 게다가 붉은 돛을 달고 오는 왕자님을 말이야!"

사흘 후 아쏠은 시내 가게에 나갔다 돌아오는 길에 처음으로 이런 소리를 들었다.

"야, 이 멍청아! 아쏠! 여기 좀 봐라! 붉은 돛이 온다!"

소녀는 온몸을 부르르 떨며 자기도 모르게 손바닥으로 차양을 만들어 넘실대는 바다를 바라보았다. 그리고는 고함소리가 들리는 쪽으로 몸을 돌렸다. 그녀로부터 스무 걸음쯤 떨어진 그곳에는 한 무리의 아이들이 서 있었다. 그들은 얼굴을 찡그리며 혓바닥을 낼름거리고 있었다. 깊게 한숨을 몰아 쉰 소녀는 집을 향해 달리기 시작했다.

그녀의 소년, 그레이

그녀의 소년, 그레이

만약 고대 로마의 황제가 로마에서 이인자로 사는 것보다 시골에서 일인자로 사는 것이 더 낫다는 사실을 발견해 냈다면, 아르뚜르 그레이는 일인자를 갈망했던 황제의 바람에 관해서 만큼은 로마 황제를 부러워하지 않을 수 있었다. 그는 많은 사람 위에 군림하는 선장으로 태어났고, 선장이 되고 싶어했으며, 선장이 되었기 때문이었다.

그레이가 태어난 집은 내부는 어두웠지만 외부는 화려했다. 집의 앞쪽 정면으로는 꽃밭과 공원의 일부가 인접해 있었다. 은하늘색, 보라색 그리고 장밋빛 섞인 검은색의 품종 좋은 튤립들이 아무렇게나 내버려진 목걸이처럼 잔디밭에 줄지어 굽이치고 있었고, 공원의 오래된 나무들은 구불구불한 시냇물 위로 비치는 희미한 여명 속에 졸고

있었다.

　그레이가 태어난 집은 말 그대로 진짜 성이었기 때문에 집 담장을 받치고 서 있는 기둥은 꽈배기 모양으로 뻗어올라간 주철 덩어리였다. 그리고 그 각각의 기둥들의 마무리 장식은 역시 주철로 만들어진 만발한 백합송이가 많았고, 기둥 꼭대기에 올려진 큰 술잔은 행사가 있는 날마다 기름으로 가득 채워져 밤의 어둠 속에서 환한 불꽃을 피워올렸다.

　그레이의 부모는 당시의 사회 속에서 자신들의 사회적인 지위와 부 그리고 규칙에 어쩔 수 없이 매달려 사는 사람들이었다. 그들 영혼의 일부를 채우고 있는 것은 잘 그려지지 못한 조상들의 초상화를 걸어둔 화랑이었고, 영혼의 다른 한쪽을 메우고 있는 것은 어린 그레이에 의해 계속 이어져 나갈 상상 속의 화랑이었다. 그 화랑을 위해 그들은 그레이를 이미 짜여져 있는 계획대로 살 수 있도록 배려해주고, 그래서 그가 죽은 뒤 그의 초상화가 가문의 명예를 손상시키지 않고 벽에 걸릴 수 있도록 해야만 했다. 그러나 이 계획에는 작은 실수 하나가 끼어 있었다. 그것은 바로 그레이가 살아 있는 영혼의 소유자로, 가문의 전통을 계속 이어 나갈 성향을 조금도 가지고 있지 않다는 사실이었다.

소년의 이 생명력, 완벽한 이질성은 그 삶의 여덟 번째 해에 모습을 드러내기 시작했다. 의협심 강한 기사, 탐험가, 중재자처럼 수없이 많은 다양한 삶들 가운데 가장 위험하고 세심한 역할을 도맡아 하는 삶을 선택한 사람으로서의 모습이 벌써 이 나이의 그레이에게서 나타났다. 그는 예수 그리스도의 책형을 묘사한 그림을 만져 보기 위해 벽에다 의자를 밀어붙이고, 그리스도의 피흘리는 손에서 못을 뽑아냈다. 그러니까 그는 그리스도의 피흘리는 손에다 도장공에게서 몰래 훔쳐 온 하늘색 물감을 덧칠했던 것이다. 그가 다시 그린 그림이 그에게는 훨씬 보기 좋았다. 이 흥미로운 작업에 매료된 그는 이제 그리스도의 다리에 물감을 칠하기 시작했다. 하지만 바로 그 순간 그는 아버지에게 현장을 들키고 말았다. 노인은 소년의 귀를 잡아 의자에서 끌어 내리고는 물었다.

"무엇 때문에 너는 그림을 망쳐 놓았느냐?"

"망친 게 아니예요."

"이것은 유명한 화가의 작품이란 말이다."

"나한텐 상관없어요."

그레이가 말했다.

"나는 예수님의 손바닥에서 못이 빛을 내고, 피가 흘러내리는 걸 참을 수가 없어요. 난 이런 게 싫단 말이예요."

아들의 대답에 리오넬리 그레이는 콧수염 밑으로 미소를 감

추며 벌을 내리지는 않았다.

그레이는 매일매일 경이로운 발견들을 해가면서 쉬지 않고 성을 연구했다. 그는 다락방에서 강철로 만든 기사들과 잡동사니들, 쇠와 가죽으로 장정된 책들, 불에 탄 옷가지들과 한떼의 비둘기를 발견했다. 그리고 포도주를 보관하는 지하 창고에서는 남부 프랑스의 붉은 포도주와 아프리카 마데이라섬 산 포도주, 스페인 산 셰리 포도주의 차이점에 대한 재미있는 정보들을 얻을 수 있었다. 이 지하 창고에는 세모꼴 모양의 돌로 만든 천정에 눌려 끝이 날카로와진 창문을 통해 들어오는 희미한 햇빛 아래 크고 작은 술통들이 서 있었다. 평평한 타원 모양의 가장 큰 술통은 지하 창고 벽면의 석가래를 친 부분 모두를 차지하고 있었고, 술통의 백 년 묵은 검은 참나무는 마치 일부러 광을 낸 듯 번들거렸다. 작은 술통들 사이로는 바구니 속에 들어 있는 녹색과 푸른색의 배가 볼록한 유리병들이 보였다. 돌이나 흙으로 덮인 바닥에서는 회색 버섯들이 자라고 있었고, 사방이 곰팡이와 이끼, 습기, 그리고 시큼하고 숨막히는 냄새로 가득했다. 저녁이 다가올 무렵, 태양이 마지막 빛을 비출 때 한쪽 구석에서는 커다란 거미 한 마리가 황금빛으로 빛을 냈다. 한 곳에는 크롬벨리 시대에 존재했었던 가장 훌륭한 알리깐트라는 술이 담긴 두 개의 술통이 묻혀 있었고, 창고지기는 그레이에게 텅 비어 있는 한쪽 구석을 가리키며 늘 버릇처럼 하는 얘기, 한 무리의 폭스테리어(역주. 영국산 사냥개)보다 더 생기있는 죽은 자가 잠들어 있다는 유명한 무덤에 대한 이야기를 되풀이하는 것을 잊지 않았다. 이야기를 시작함에 있어 창고지기는 커다란 술통의 꼭지에 이상이 없는지를 점검해 보는 것 또한 잊지 않았고, 그가 술통 꼭지 앞에서 느낀 환희가 만들어낸 눈물방울이 그의 조금은 유쾌해진 듯한 눈 속에서 아직도 빛나고 있는 까닭에 그의 마음은 한결 가벼워진 것 같았다.

"그러니까 말이야."

뽈디쇽은 빈 상자 위에 앉아 담배 끝을 날카롭게 말며 그레이에게 이야기를 들려주기 시작했다.

"너 이 자리가 보이지? 여기에는 어떤 포도주가 묻혀 있냐하면, 그 포도주를 작은 잔으로 한잔 맛보게 해주는 대신 혀를 잘라내겠다고 해도 기꺼이 달라들었을 술꾼이 한두 명이 아닌 바로 그런 기막힌 포도주가 묻혀 있지. 이 술통들에는 각각 마음을 병들게 하고 몸을 움직이지 않는 반죽 덩어리로 변하게 하는 술이 100리터 씩이나 들어 있어. 빛깔로 말하자면 산딸기 색깔보다 진하고, 또 그 포도주를 담은 통은 쇠처럼 단단한 검은 나무로 만들어져 있다구. 그 술통들에는 이중으로 된 붉은 구리 테가 둘러져 있는데, 그 테에는 라틴어로 이렇게 새겨져 있지. '그레이가 나를 마시리라, 그가 천국에 이르는 그날.' 이 글귀는 정말 여러 가지 뜻으로 다양하게 해석될 수 있었지. 그래서 네 할아버지들 중 씨욘 그레이 나리는 멋진 별장을 한 채 지어놓고는 그 별장에다 〈천국〉이라는 이름을 붙였어. 그 글귀의 수수께끼를 재치있게 풀어보려고 하셨던 게지. 그래, 넌 일이 어떻게 되었을 거라고 생각하니? 그런데 말이야, 나리는 그 구리테를 벗겨내려고 손을 뻗자마자 심장이 터져 죽어 버렸어. 미식가였던 노인은 지나치게 흥분했던 거야. 그 일이 있고나서부터는 지금까지 그 술통을 건드리는 사람이 아무도 없단다. 값비싼 포도주는 불행을 가져온다는 확신이 생겨났던 거지. 사실 이런 수수께끼는 이집트의 스핑크스도 던지지 않았던 거였어. 스핑크스는 어떤 현명한 사람에게 이런 질문을 한 적은 있었지. '내가 모든 것을 잡아먹었듯이 당신도 과연 한 입에 먹어 치우게 될까? 만일 당신이 내게 진실을 말해준다면 당신은 살아남을 수 있소?' 하지만 이것도 생각이 만들어낸 말장난일 뿐이지……. 또 꼭지에서 술이 새는 것 같군."

뽈디쇽은 잠시 말을 끊고, 구부정한 걸음걸이로 구석 쪽으로 걸어가 꼭지를 잠그고는 환한 얼굴이 되어 되돌아왔다.

"그래, 스핑크스가 던진 이 수수께끼에 대해서는 말이야. 충분히 잘 생각한 다음, 이렇게 대답할 수는 있겠지. 여기서 중요한 건 말이야, 서두르지 않고 태연한 척 이야기해야 한다는 거야. '갑시다, 형제여. 가서 한잔 마시고 이런 멍청한 일에 대해서는 잊어버립시다'. 그런데 '그레이가 나를 마시게 될 것이다. 천국에 이르는 그날!' 이건 도대체 어떻게 이해해야 되는 거야? 죽는 그 순간에 술을 마시라는 얘긴가? 이상하지, 그리고 말이야, 성자들은 포도주도, 보드까도 마시지 않는단 말이야. 그리고 〈천국〉이라는 것은 행복을 뜻하는 건데, 일단 의문을 품게 된 이상 모든 행복은 그 찬란함의 반을 잃게 되는 거지. 행복한 사람은 진지하게 스스로에게 물어 보게 되지 않겠니, 이게 과연 천국일까요? 라고. 그렇게 되면 모든 건 한낱 웃음거리가 되어버리고 마는 거지. 애야, 가벼운 마음으로 이 술통에 든 포도주를 마시려면 어떻게 해야 하는지 아니? 항상 즐거운 마음을 가지고 껄껄 웃을 수 있으려면 한쪽 다리는 땅 위에다 걸치고, 다른 한쪽 다리는 하늘에다 걸치고 있어야 해. 무슨 말인지 알겠지? 그리고 또 생각해 볼 수 있는 세 번째 가정은 말이야. 그레이가 이 술을 천국에 있는 듯한 기분이 들 때까지 다 마셔 버리고는 거칠게 술통을 짓밟아 버리는 거야. 하지만 이건, 애야, 이건 수수께끼를 푸는 것이 아니라 술집에서 부리는 난동에 불과한 거지.”

다시 한번 커다란 술통의 꼭지 상태를 점검해야겠다고 마음 먹은 뽈디쇽은 정신을 한 데 모아 조금은 우울하게 이야기를 맺었다.

“이 술통들은 1793년 네 조상인 존 그레이가 리싸본으로부터 〈비글리〉라는 배에 실어 가지고 온 것들이란다. 당시 술값으로 2천 뻬아스뜨르(역주. 이집트, 터키 등의 화폐 단위)의 금화를 지불했다는구나. 술통에 박힌 글귀는 폰디셰르에서 온 무기 기술자, 베니아민 옐리얀이 새겨 넣었대. 술통들은 6피트 깊이로 땅속에 묻혔고, 그 위에 포도나무 줄기를 태운 재를 뿌렸지. 이 포도주는 그 누구도 마셔본 적 없고, 맛조차도 보지 못했어. 그리고 앞으로도 영원히 맛보지 못하게 될 거야.”

“내가 그걸 마시겠어요.”

어느 날 그레이는 발을 구르며 말했다.

“여기 정말 용감한 젊은이가 있구먼.”

뽈디쇽이 말했다.

“그래, 너는 천국에서 그 술을 마실 참이냐?”

“물론이죠. 여기가 바로 천국인 걸요!……. 천국은 내가 가지고 있어요, 이거 보여요?" 그레이는 자신의 작은 손바닥을 펴 보이며 웃기 시작했다. 부드럽지만 단단한 모양의 손바닥에 햇빛이 비쳤고, 소년은 마치 햇살을 움켜잡듯 주먹을 꼭 쥐었다.

"바로 여기, 여기 천국이 있어요!……. 어, 여기 있다가, 또 없어져 버렸네……."

소년은 계속해서 주먹을 폈다 오므렸다 했고, 마침내는 자신이 한 농담에 스스로 만족해서는 뽈디슉을 아래층으로 통하는 복도로 난 어두운 계단에다 가두어 둔 채 달아나 버렸다.

그레이에게 부엌에 머무는 것은 엄격하게 금지되어 있었다. 하지만 난로 속 활활 타오르는 불이 매운 경이로운 이 세계는 이미 그에게 문을 열어 주어, 뽀얀 김, 그을음, 주전자의 쉭쉭거리는 김 내뿜는 소리, 걸죽한 스프가 끓어오르는 보글보글 소리, 경쾌한 칼질 소리, 또 온갖 맛있는 냄새로 가득 찬 이 커다란 별세계로 소년은 열심히 드나들었다. 요리사들은 마치 승려들처럼 엄숙한 침묵 속에 요리를 했고, 거뭇해진 벽돌들을 배경으로 한 그들의 하얀 요리사 모자는 요리라는 일에 일종의 의식 같은 엄숙함을 전해주고 있었다. 물이 담긴 나무통 옆에서는 쾌활한 모습의 뚱뚱한 아주머니들이 도자기와 은이 부딪치는 맑은 소리를 내며 그릇을 씻고 있었다. 소녀들은 무게에 눌려 몸을 구부린 채 생선, 굴, 게, 과일들로 가득 찬 바구니들을 들어 날랐다. 저기 긴 식탁 위에는 무지개 색깔의 꿩들과, 회색 오리들, 알록달록한 닭들이 누워 있고, 짤막한 꼬리를 단 채 조그만 눈을 감고 있는 돼지 한 마리도 눈에 띄었다. 그리고 그 옆에는 무, 양배추, 땅콩, 푸른 건포도, 누르스름한 복숭아도 놓여 있었다.

　부엌에서 그레이는 약간의 두려움을 느꼈다. 그에게 이곳은 마치 성이 살아나갈 수 있도록 힘을 주는 귀신이 지배하는 곳처럼 느껴졌다. 고함소리는 귀신의 명령이나 주문처럼 들렸고, 숙련된 일꾼들의 움직임은 정확히 자로 잰 듯, 분명히 계산되어 있어 하찮은 동작까지도 무슨 영감을 받은 사람들처럼 정확했다. 그레이는 아직 키가 크지 않아 부글부글 끓어오르는 큰 냄비를 직접 들여다 볼 수는 없었지만, 그 큰 냄비에 특별한 외경심 같은 것을 가지고 있었다. 그는 전율을 느끼며 두 명의 시녀가 냄비의 방향을 바꾸는 것을 지켜 보았다. 이때, 냄비에서 스프가 조리대 불 위로 흘러넘치면서 연기나는 거품과 김이 솟아올랐고, 가끔씩은 큰소리를 내며 붉은 불꽃을 올리는 조리대를 넘어 부엌으로 파도처럼 흘러내리기도 했다. 한번은 국물이 너무 많이 흘러 넘쳐 한 아가씨의 손에 화상을 입힌 적이 있었다. 피부는 한순간에 빨갛게 변했고, 심지어 손톱까지도 피가 흘러 빨갛게 되었다. 베씨(시녀의 이름은 베씨였다)는 울면서 상처를 기름으로 닦아냈다. 참을 수 없는 눈물이 그녀의 겁에 질린 동그란 얼굴을 따라 흘러내렸다.

　그레이는 그 자리에 얼어붙어 버렸다. 다른 사람들이 베씨 주위에 모여 수선을 떨 때, 그는 자기 스스로 경험할 수 없는 타인의 예리한 고통을 견뎌내고 있었다.

　“많이 아파?”

　그레이가 물었다.

　“한번 해봐, 그럼 얼마나 아픈지 알게 될 거 아냐?”

베씨는 손을 앞치마로 감싸며 대답했다.

눈썹을 찡그린 소년은 간신히 의자 위로 기어올라가 국자로 뜨거운 국물(그것은 양고기 스프였다)을 한 국자 떠서는 손가락에다 뿌렸다. 강한 통증에서 오는 현기증이 그를 휘청거리게 했다. 밀가루처럼 창백해진 그레이는 불덩이 같은 손을 바지 주머니에 넣고는 베씨에게로 다가갔다.

"내 생각엔 네가 무지 아플 것 같애."

그는 자신의 체험에 대해서는 아무 말 하지 않았다.

"의사한테 가자, 베씨. 가자니까!"

그는 고집스럽게 그녀의 치마를 잡아끌었고, 또 마침 집사가 시녀에게 휴식시간 동안의 외출증을 내주었다. 그녀는 매우 고통스러워하며 그레이와 함께 의사에게로 향했다. 의사는 붕대로 상처를 감아 주며 그녀의 고통을 덜어 주었고 베씨가 치료를 끝내고 나간 후에야 소년은 자신의 손을 의사에게 내보였다.

그렇게 대단하지는 않았던 이 사건으로 스무 살짜리 베씨와 열살 짜리 그레이는 진실한 친구가 되었다. 그녀는 그의 주머니에 종종 컵케이크와 사과를 찔러 넣어 주었고, 그는 그녀에게 책에서 읽은 옛날 이야기들과 또, 어디에선가 들었던 재미있는 이야기들을 들려 주었다. 어느 날 그레이는 베씨가 살림을 꾸려나갈 돈이 없다는 이유 하나 때문에 마부인 짐에게 시집갈 수 없다는 사실을 우연히 알게 되었다. 그레이는 사냥개 콧등처럼 날카로운 돌로 자신의 저금통을 깨고, 백 푼뜨(역주. 옛날 러시아의 중량 단위. 0.41킬로그램) 정도 되는 은화를 털어냈다. 그리고는 이른 아침 잠자리에서 일어난 그는 돈이 없어 시집을 못 가는 가련한 아가씨가 부엌으로 사라진 다음, 그녀의 방으로 가 아가씨의 트렁크에 자신의 선물을 집어 넣고는 간단한 메모로 그 선물을 덮어 두었다.

'베씨, 이건 네 거야. 산적 두목 로빈홋'

이 사건이 부엌에서 불러일으킨 소동이 얼마나 컸던지 그레이는 자신의 행동에 대해 시인하지 않을 수 없었다. 그러나 그는 돈을 되돌려 받지 않았고, 더 이상 이것에 대해 얘기하고 싶어하지 않았다.

그레이의 어머니는 삶이 이미 준비되어 있는 형태대로 그저 그렇게 흘러가는 사람들 중 하나였다. 그녀는 그녀가 원하는 대부분의 것들을 이룰 수 있도록 세심한 보호 아래 살고 있었고, 그래서 그녀에게는 여재봉사와 의사 그리고 집사와 이야기를 나누는 것 외에는 아무런 할 일이 없었다. 그녀가 가지고 있는 자기 아이에 대한 강렬한 애착만이 세상과의 유일한 통로였고, 그 애정은 종교적이라고 표현해도 좋을 만큼 강렬하고 경건한 것이었다. 그녀는 오랫동안 숨죽이고 있어 이제는 마비되어 버린 자신의 의지를 내버렸다. 그런 그녀가 지금 할 수 있는 일이라곤 자신의 운명을 받아들이고 이제껏 받아온 교육에 마취된 채 그저 희미하게 어슬렁거리는 것뿐이었다. 이제는 자신을 살아 있는 생명체라고 느끼지도 못하는 명문가의 부인은 마치 백조의 알을 품고 있는 한 마리 공작새를 연상시켰다. 그녀는 자신의 아들만은 그들과는 다른 훌륭한 영혼을 가지고 있다는 사실을 직감적으로 느끼고 있었기 때문이었다. 그녀는 상투

적인 말들만을 일방적으로 내뱉는 혀와는 전혀 다른 방식으로
이야기하는 가슴으로 아들을 끌어안을 때, 서글픔과 사랑 그리
고 부끄러움이 자신을 온통 감싸오는 것을 느꼈다. 햇빛에 의
해 섬세하게 만들어진 구름의 그늘은 그녀의 보기 싫은 부분들
을 살짝 감추어주며 모자의 아름다운 모습을 비추었다. 아들을
마음으로 품고 있는 그녀의 눈에는 아무것도 보이지 않았고 햇
살의 신비로운 느낌은 성스러운 하모니를 만들어냈다.

　원래 명문가의 부인이란 생김새가 어떻고, 풍채가 어떻든간
에 항상 불같이 호령해야 하고, 여성적인 매력보다도 항상 도
도한 위력을 내보여야 하는 법이다. 따라서 그녀의 가녀린 아
름다움은 매력적이라기보다는 단지 보여지는 것이어야만 했다.
그러나 이 릴리안 그레이는 소년과 단 둘이 있을 때 만큼은 사
랑스럽고 귀여운 톤으로 종이에는 적을 수 없는, 진심에서 우
러나오는 사소한 이야기들을 얘기하는 평범한 엄마의 모습이
되는 것이었다. 그녀는 그 무엇에 대해서건 아들에게 단호하게
거절하지 못했다. 아들에게 만큼은 모든 것을 용서했다. 부엌
에 드나드는 것, 수업 태도, 말을 듣지 않고 저질러대는 온갖
장난들까지도…….

　만약 아들이 나뭇가지를 치지 못하게 하면 나무는 손대지 않
은 상태로 그대로 남겨졌고, 만약 그가 누구를 용서하거나 상
을 주라고 요구하면 일이 그렇게 되리라는 것을 장난기 어린
얼굴은 이미 알고 있었다. 그는 어떤 말이건 타고 다닐 수 있었
고, 성에 있는 어떤 개라도 몰고 나갈 수 있었으며, 도서관을
뒤적이거나, 맨발로 뛰어다니는 등 그가 생각해 낼 수 있는 모

든 짓을 하고 다녔다.

그의 아버지는 얼마 간 이러한 일들과 싸워 보았지만 곧 양보하고 말았다. 원칙을 바꾼 것이 아니라 아내의 소원을 들어주기로 한 것이었다. 그는 하류사회의 영향으로 소년이 바꾸기 힘든 성향을 갖게 되는 것만은 막기 위해 성에서 일하는 모든 사람들의 아이들이 성 밖으로 나가는 것을 금했다. 그리고 그는 종이 공장이 생기면서부터 시작되어 모든 중상 모략가들이 죽은 뒤에야 끝이 날 가문의 엄청난 사업으로 매우 바쁜 터였다. 그 외에도 정부의 일, 영지의 일, 자서전 집필, 사냥, 신문 구독, 그리고 복잡한 서신 교환이 그를 가족으로부터 떼어놓아 항상 어느 정도의 거리를 두게 했다. 그에게는 아들과 부딪치게 되는 횟수도 점차 줄어들어 아들이 몇 살인지조차 자주 잊어버리곤 했다.

이처럼 그레이는 자신의 세계 속에서 자라났다. 그는 보통 옛날에는 병사들이 훈련을 하던 곳으로 쓰였던 성의 뒷마당에서 혼자 놀았다. 이끼로 뒤덮인 돌로 만든 지하실이 있고, 지금은 부서진 커다란 건물의 잔재가 남아 있는 넓은 들판은 잡초, 엉겅퀴, 우엉, 쐐기풀, 그리고 소박하고 알록달록한 야생화들로 가득했다. 그는 두더지 굴을 살피고, 잡초들과 전투를 벌이고, 잠시 후면 나뭇가지와 조약돌로 폭격을 맞을 벽돌 요새를 만들어 나비를 숨어 기다리며 몇 시간씩 이곳에서 놀곤 했다.

그는 12살이 되었고, 그가 가진 타인들과 구별되는 아름다운 영혼은 다른 많은 독특한 성격들과 또, 그것들의 비밀스런 표현과 합쳐져 어느 한순간 말로 표현할 수 없이 강한 그 무언가에 대한 욕망으로 자라났다. 지금껏 그는 정원의 일부분들만을 찾아다닌 것 같았다. 새벽, 그늘, 잠에 취한 듯 풍성한 나뭇잎……. 그러나 이 모든 것들이 어우러진 정원은 그에게 특별하기만 했다. 그러던 한순간 그는 문득 그 모든 것들이 아름답게 하나로 얽혀진, 관계 속에서의 아름다움을 선명하게 느낄 수 있었다.

그에게 이런 눈을 가지게 해준 사건은 도서관에서 일어났다. 위쪽에 뿌연 유리창이 끼워진 도서관의 높은 문은 늘 잠겨 있지만, 사실 자물쇠의 걸쇠는 시늉으로 걸려 있던 것이어서 그가 손으로 문을 밀치자 문은 있는 힘껏 버티는 듯하더니 스르르 힘을 풀었다. 호기심에 가득 찬 그레이가 도서관으로 들어섰을 때, 햇살 속을 떠다니는 먼지, 뿌연 유리창의 화려한 꽃무늬, 그리고 이곳을 지배하고 있는 듯한 어떤 강력한 힘에 그는 압도당하는 것 같았다. 이곳에는 버려진 고요함이 연못의 물처럼 고여 있었다. 책꽂이의 어두운 윤곽은 창문을 반쯤 가리며 창에 맞닿아 있었고, 책꽂이들 사이로는 통로가 나 있었다. 그곳은 마치 보물창고 같았다. 속지가 미끄러져 나온 펼쳐진 앨범이 있었고, 금줄로 묶인 우크라이나 인의 긴 장의도 눈에 띄었다. 우울한 모습으로 쌓여 있는 책들의 기둥, 필사본들만으로 이루어진 두터운 층, 책을 펼치면 나무 껍질처럼 책장이 떨어져 버릴 것만 같은 낡은 자서전들로만 쌓은 뚝도 있고, 또 설계도, 새로운 건물들의 도표들, 카드들, 다양한 모양의 장정본들, 거칠거나 부드럽게, 혹은 검거나 푸른색으로 장정한 책들, 간혹 파란색이나 회색으로 장정한 것들도 보였고 두꺼운 것,

얇은 것, 어떤 것들은 털실로 묶여 있거나 매끌매끌한 표지로
싸여 있는 것들도 있었다. 이렇게 책장을 가득 메우고 있는 책
들은 마치 자신이 가장 뚱뚱한 모습일 때, 생을 마친 벽들 같았
다. 책장 유리에 반사되어 빛깔 없는 얼룩으로 뒤덮인 다른 책
장들도 보였다. 둥근 탁자 위에는 구상에 청동 십자 모양으로
적도와 자오선을 표시한 지구본 하나도 턱 버티고 서 있었다.

도서관 입구 쪽으로 몸을 돌린 그레이는 문 위에 걸려 있는
그림을 보았다. 그 그림은 도서관 전체를 감싸고 있는 영혼의
모습을 한눈에 보여주고 있었다. 그림에는 파도 위를 헤쳐나가
는 배 한 척이 그려져 있었다.

거품 이는 물결이 배의 측면을 따라 흘러내리고 있다. 배는
비상하는 마지막 순간에 멈추어 있고, 곧바로 관객을 향해 돌
진하고 있다. 뱃머리 앞에 옆으로 우뚝 서 있는 돛대가 높이 들
려 있어 중앙의 돛대를 가리고, 돌진하는 배가 양쪽으로 갈라
놓은 파도는 거대한 새의 날개를 연상시킨다. 포말은 하늘까지
부서져 오른다. 배 왼쪽으로 희미하게 보이는 돛은 뱃머리 앞
에 서 있는 돛대보다 높이 매달려 있고, 폭풍의 엄청난 힘은 파
도를 넘어 한번 객기를 부린 다음, 배를 새로운 파도더미로 끌
고가려고 힘껏 뒤쪽으로 힘자랑을 하고 있다. 찢어진 구름은
낮게 바다 위를 펄럭이고, 희끄무레한 빛은 다가오는 밤의 어
둠과 싸우고 있다.

그러나 이 그림에서 가장 멋진 것은 갑판 위에서 관객에게
등을 돌린 채 서 있는 사람의 모습이었다. 그 모습은 모든 상황
과 심지어 그 순간의 느낌까지도 표현하고 있었다. 두 다리로

힘차게 버텨 서서 손을 흔들고 있는 그 사람의 포즈는 그가 무슨 일에 몰두해 있는지 알려 줄 만한 특별한 그 무엇도 가지고 있지 않았지만 관객들에게는 가려진 갑판 위, 그 무엇에 집중된 고도의 긴장을 느낄 수 있게 해주었다. 뒤집힌 그의 긴 외투자락은 바람에 펄럭이고 있었고, 하얀 낫과 검은 장검이 허공을 가르고 있었다. 그 차림새의 화려함은 그가 선장이라는 사실을 말해주고 있었고, 춤추는 듯한 그의 몸은 요동치는 파도와 한몸이었고, 모자도 쓰지 않은 것으로 보아 매우 위급한 순간에 누군가를 향해 소리치고 있는 것 같았다. 하지만 왜? 배 옆으로 사람이 떨어지는 것을 본 것일까, 다른 방향으로 키를 돌릴 것을 명령한 것일까? 아니면 바람 소리에 뒤섞여 수부장을 부르고 있는 것일까? 그레이가 그림을 바라보고 있는 동안 생각이 아니라 이러한 생각들의 그늘이 그의 영혼 속에서 자라나기 시작했다. 그는 문득 자신의 왼쪽 옆에 보이지 않는 그 누군가가 서 있는 것처럼 느껴졌다. 고개를 돌려야 했지만 그러면 그 순간 그 느낌은 흔적도 없이 사라져 버릴 것이었다. 그레이는 그 사실을 잘 알고 있었다. 그는 상상을 깨뜨리지 않은 채 마음속 깊은 곳으로 귀를 기울였다. 들리지 않는 목소리는 마치 말라이 어처럼 알아들을 수 없는 어구들을 단속적으로 외쳤다. 길게 이어지는 눈사태처럼 소리가 오래 울려퍼졌고, 메아리와 스산한 바람이 도서관을 휘감았다. 이 모든 소리를 그레이는 자신의 마음속으로부터 들었다. 그는 찬찬히 주위를 살펴보았다. 그러자 순간적으로 찾아온 정적은 환상 속 소리나는 거미줄을 흩어 버렸다. 그러자 곧 폭풍과의 끈도 끊어졌다.

　그레이는 몇 번씩이나 이 그림을 바라보았고, 그림은 그에게 영혼과 삶의 대화에 있어 꼭 필요한, 스스로를 이해할 수 있게 하는 열쇠가 되었다. 서서히 어린 소년의 내부로 거대한 바다가 스며들어왔다. 그는 도서관에서 대양의 푸른 반짝임을 열어주는 책들을 탐욕스럽게 읽으며 바다와 동화되기 시작했다. 배는 움직이기 시작했고, 그는 선미 뒤쪽에 앉기도 했다. 어떤 배들은 돛과 돛대를 잃었고, 파도에 숨이 막혀 물고기의 인광을 내뿜는 눈동자가 반짝이는 심해 속으로 가라앉았다. 부서지는 파도에 잡힌 다른 배들은 암초에 부딪혀 부서졌다. 잦아든 파도는 위협적으로 배를 뒤흔들었고, 찢어진 삭구들을 실은 사람 없는 배는 새로운 폭풍이 배를 산산조각 낼 때까지 긴 절망의 최후를 견뎌냈다. 어떤 배들은 성공적으로 이름 모를 항구에 정박하여 다른 항구로 떠나갔다. 짐을 싣고 온 사람들은 선술집에 앉아 항해의 무용담을 얘기하며 보드까를 마셨다. 거기에는 또 검은 깃발을 달고 칼을 휘두르는 무서운 해적 패거리가 타고 있는 해적선도 있었다. 그리고 죽음의 푸른 빛을 반짝이는 유령선도 있고, 병사들을 태운, 대포와 음악이 흐르는 군함과 화산과 식물, 동물들을 조사하는 학술파견선도 있었다. 어두운 음모와 폭동이 있는 배, 발견을 위해 떠나가는 배, 모험을 즐기는 배 등, 온갖 배들이 책 속에 있었다.

　물론 이 뱃사람들의 세계에서 모든 사람 위에 우뚝 솟아 있는 인물은 선장이다. 그는 배의 운명이자 영혼, 이성이다. 그의 성격이 선원의 여가와 일을 결정한다. 선원은 그에 의해 개인적으로 꾸려지고 많은 부분이 그의 성향에 달려 있기도 하다.

그는 모든 선원들의 습관과 가족의 일까지도 잘 알고 있다. 그의 눈에는 감탄을 자아내는 거의 주술적인 지식이 담겨 있어, 그 덕택에 배는 말하자면 리싸본에서 상하이까지 눈에 보이지 않는 공간을 헤쳐나갈 수 있는 것이다. 그는 짤막한 명령으로 혼란을 막고, 엄청난 힘과 광기를 지닌 폭풍을 잠재운다. 항해를 지휘하고, 원하는 곳에서 멈춘다. 출항과 선적, 수리, 그리고 휴식을 잘 이끌어 나간다. 이렇게 활기 넘치고 쉼없는 움직임으로 가득찬 분야에서의 크고 현명한 권위는 쉽게 얻어질 수 있는 것이 아니었다. 이러한 권력의 고립성과 완벽성은 오르페이의 그것과 비견할 만한 것이었다.

선장에 대한 이러한 상상, 이러한 모습, 선장의 입장에서 할 수 있는 멋진 일들이 그레이의 깨어나는 의식 속에 중요한 자리를 차지하기 시작했다. 이것 외의 그 어떤 다른 직업도 모든 개인적인 행복을 가장 섬세한 부분까지도 방해받지 않으면서 생의 중요한 의미를 달성할 수 있는 직업은 없었다. 위험, 모험, 장엄한 자연의 위력, 낯선 이국땅, 멋진 미지의 성, 꽃피는 만남과 이별로 반짝이는 사랑, 무수한 만남과 사건들, 그리고 사람들이 엮어내는 매력적인 드라마, 삶의 예측할 수 없는 다양성, 거기다 하늘 높이 떠 있는 남십자성, 곰자리 같은 모든 별자리들이 눈 속에서 빛난다. 설사 선실이 미처 버리지 못한 조국의 책들과 지도, 편지들, 그리고 마른 꽃다발, 단단한 가슴에 매단 부적 주머니를 감은 비단실로 가득 찬다 할지라도 말이다.

인생의 열 다섯 번째 해를 맞은 가을, 아르뚜르 그레이는 몰래 집을 나와 바다의 황금 문으로 들어섰다. 두벨리트 항구로부터 마르셀로 3개의 돛을 단 범선 〈안셀림〉이 소녀의 옷차림을 한 손이 작은 어린 견습수부 한 명을 싣고 왔다. 예쁜 여행용 손가방과 장갑처럼 목이 가는 라커칠을 한 장화, 그리고 왕관을 수놓은 목면포로 만든 속옷들을 가지고 온 이 견습수부가 바로 그레이였던 것이다.

1년 동안 〈안셀림〉이 프랑스, 미국, 에스파니아를 항해하는 사이 그레이는 그의 과거에 바치는 재물로 케이크 조각들을 사는데 자기가 가진 재산의 일부를 탕진했고, 나머지는 현재와 미래를 위해 카드 놀이에서 날려 버렸다. 그는 〈악마 같은〉 뱃사람이 되길 원했다. 깊은 숨을 내쉬며 보드카를 들이마셨고, 잦아드는 가슴으로 머리를 아래로 한 채 2싸젠이나 되는 높이에서 물 속으로 뛰어들었다. 그는 그에게 있어 가장 중요한, 자신의 신비롭게 비상하는 영혼 외에는 모든 것을 잃었다. 그의 뼈대는 굵어졌고 근육은 강해져 예전의 쇠약함은 찾아볼 수 없었고, 얼굴에 남아 있던 창백함은 흑갈색의 건강한 그을음으로 변했으며, 움직임에서 묻어나던 섬세한 조심성은 일하는 사람들의 확신에 찬 정확성에 자리를 내주었고, 그의 생각에 잠긴 듯하던 눈동자에서는 불을 바라보고 있는 사람에게서처럼 불꽃이 이글거렸다. 그리고 그의 언어는 균형 잡히지 않은 오만하고 소심한 장황함을 상실하고 마치 바닷속 은빛으로 떨리는 물고기를 향한 갈매기의 일격처럼 짧막하고 분명해졌다.

〈안셀림〉의 선장은 선량한 사람이었지만, 소년이 지레 지치기를 바라는 마음으로 그를 데리고 다니는 냉정한 뱃사람이었다. 그레이의 힘겨운 노력 속에서 그는 변덕스러움만을 찾아 내려 했고, 한두 달쯤 지나면 그레이는 그의 시선을 피하며 이 렇게 말하리라 상상하면서 내심 기뻐했었다.

'고프 선장님, 저는 삭구(素具)에 팔꿈치를 다쳤어요. 옆구리 와 등이 아프구요, 손가락은 구부릴 수도 없고, 머리는 빙빙 돌 고 다리는 후들후들 떨려요. 이 젖은 밧줄들은 모두 2푼뜨는 되겠는 걸요. 돛대 받침줄과 돛대 밧줄, 양묘기, 이 모든 것들 은 다 제 약한 몸을 괴롭히기 위해 만들어진 것 같아요. 엄마한 테 가고 싶어요.'

상상 속에서 그레이의 이런 말을 들은 고프 선장은 역시 상 상 속에서 이런 말들을 준비해 두고 있었다.

'가고 싶은 곳으로 가거라 아기 새야. 만약 너의 연약한 날 개에 타르가 끼얹어졌다면 집에서는 그것을 〈로자-미모자〉라는 향기로운 향수로 닦아낼 수 있을 거야.'

고프 선장은 상상 속에서 자신이 만들어낸 이 〈로자-미모자〉 라는 향수의 이름이 무엇보다 마음에 들어 상상 속의 훈계를 끝내고는 이렇게 소리내어 말했다.

"그래, 〈로자-미모자〉에게로 가거라."

그러나 이 인상적인 장면은 선장의 뇌리에서 점점 잊혀져갔 다. 그것은 그레이가 이를 악물고 창백한 얼굴을 한 채 자신의 목표에 점점 접근하고 있었기 때문이었다. 그레이는 엄격한 뱃 일을 힘겹게 참아내며 점점 일이 손에 익어감을 느끼고 있었고, 자신과 일체가 되어 가는 범선을 느끼고 있었던 것이다. 닻에 거는 올가미가 선실에 부딪히면서 그의 다리에 상처를 내기도

했고, 갈고리에 걸린 밧줄이 그의 손바닥을 벗겨 내며 손에서 빠져 나가기도 했고, 바람이 젖은 돛으로 그의 얼굴을 때리기도 했다. 그렇게 모든 일은 고도의 집중력을 요하는 고문이었지만 그가 아무리 힘들게 숨을 몰아쉬든, 아무리 힘겹게 허리를 펴든 다른 사람들은 귀한 집 자식인 그에게 경멸적인 웃음을 보내곤 했다. 그는 아무 말 없이 비웃음과 따돌림, 피할 수 없는 욕설을 견뎌냈다. 그가 아직 새로운 영역에서의 일을 〈자신〉의 것으로 만들기 전까지는……. 그러나 그 시기가 오고 나서부터 그는 모든 경멸에 대해 한결같이 잘 단련된 권투 실력으로 대답해 주었다.

어느 날 고프 선장은 그레이가 능숙하게 활대에 돛을 묶는 것을 보고는 스스로에게 말했다.

'그래, 네가 이겼다.'

그레이가 갑판으로 내려왔을 때, 고프는 그를 선실로 불러다 낡아 빠진 책을 펼치며 말했다.

"잘 들어라! 먼저 담배부터 끊어! 이제부터는 선장인 내가 직접 너를 가르치겠다."

그리고 그는 책을 읽기 시작했다. 그것은 책을 읽는 것이라기보다 책에 쓰여 있는 바다의 고대 언어들을 큰 목소리로 소리치는 것이었다. 이것이 그레이의 첫 번째 수업이었다. 1년 동안 그는 항해술과 항해실습, 선박건조, 해양법, 항로 그리고 회계를 공부했다. 그리고는 마침내 고프 선장이 그에게 손을 내밀고 〈우리〉라는 말을 했다.

벤쿠버에서 그레이는 눈물과 공포로 가득 찬 어머니의 편지를 받았다. 그는 곧 답장을 전했다.

"나는 다 알아요. 하지만 만약 엄마가 나처럼 볼 수 있다면, 나의 눈으로 세상을 보세요. 만약 엄마가 나처럼 들을 수 있다면, 귓가에 조가비를 갖다 대보세요. 그 속에서 영원한 파도 소리를 들을 수 있을 거예요. 그리고 만약 엄마가 나처럼 사랑할 수 있다면 나는 엄마의 편지 속에서 사랑과 나를 위한 돈 말고도 엄마의 미소를 찾을 수 있을 거예요……."

〈안셀림〉이 짐을 싣고 두벨리르에 오기 전까지 그는 항해를 계속했고, 두벨리르에서 그는 정박 기간을 이용해 자신의 성을 방문하러 길을 떠났다.

주위의 모든 것은 그대로였다. 전체적인 분위기는 5년 전의 느낌 그대로였고, 단지 어린 느릅나무 잎만이 더 무성해지고, 건물 정면이 나무들이 더 자란 탓에 앞으로 나와 보일 뿐이었다.

그에게 달려온 시종들은 진심으로 그를 반겼다. 반가움에 팔짝팔짝 뛰다가는 일순간 얼어붙어 아무런 움직임 없이 바로 어제 본 듯, 여전한 복종심으로 그레이를 맞이했다. 시종들은 그레이에게 어머니가 계신 곳을 알려 주었고, 그는 성의 높은 곳에 위치한 어머니의 방에 들어가 조용히 문을 닫고는 소리나지 않게 멈춰 서서 검은 원피스 차림의 머리가 희끗희끗한 여인을 바라보았다. 어머니는 그리스도의 책형을 그린 그림 앞에 서 있었다. 그녀의 열정적인 속삭임은 터질 듯한 심장의 박동소리처럼 들려왔다.

"항해하는 이들과, 여행하는 이들, 병을 앓고 있는 이들, 괴

74

로워하고 포로로 잡혀 있는 이들을 위하여……."

그레이는 숨을 죽이며 듣고 있었다.

"그리고 내 아들에게……."

그때 그레이가 말했다.

"저예요……."

그레이는 이 말 외에 더 이상 아무 말도 할 수 없었다. 어머니는 뒤를 돌아보았다. 그녀는 어느새 여위어 있었다. 그녀의 가냘프면서도 도도한 얼굴에는 유년 시절의 그 어떤 표정이 빛나고 있었다. 그녀는 힘껏 아들에게로 달려왔다. 경탄과 눈물을 눈 속에 가득 담은 젖먹이처럼 선량하고 소박한, 짤막한 웃음, 그것이 전부였다. 그러나 이 짧은 순간, 그녀는 지금껏 살아 온 자신의 인생 전체보다 더 훌륭하고 강했다.

"난 금세 너를 알아보았단다. 오, 내 사랑스런 아기!"

어머니의 말에 그레이는 정말로 투정을 부리던 옛날로 돌아가는 듯한 기분을 느꼈다. 그레이는 아버지의 죽음에 대한 이야기를 들었고, 그 다음에는 자신에 대해 얘기했다. 그녀는 질책이나 반대 없이 그가 하는 모든 얘기를 주의깊게 듣고 있었지만 마음속으로는 그가 자신의 삶의 진실인 것처럼 주장하는 모든 것들에서 그녀의 아들이 몰두해 있는 장난감에 불과한 것들을 보았다. 그런 장난감은 별자리였고, 바다였고, 배였다.

그레이는 성에서 7일 간 머물렀다. 8일째 되는 날, 그는 어마어마한 액수의 돈을 가지고 두벨리트로 돌아와 고프 선장에게 말했다.

"감사합니다. 당신은 저의 진정한 동료였습니다. 안녕히 계십시오, 형님."

여기서 그는 기분 나쁜 이 말이 진정으로 의미하는 것을 악수를 통해 더욱 확실히 전달했다.

"이제부터 저는 제 배를 타고 따로 항해하겠습니다."

고프는 불같이 화를 내며 침을 내뱉고는 잡은 손을 뿌리치고 저쪽으로 가버렸지만, 그레이는 그를 따라잡아 꽉 끌어안았다. 그리고 그들은 함께 호텔에 묵었다. 모두 24명의 뱃사람들이 마시고 소리치고 노래 부르며 식당과 조리실에 있는 모든 것들을 다 마시고 먹어치워 버렸다.

두벨리트 항구에서 또 얼마 간의 시간이 흘렀고, 저녁별이 새로운 돛대의 검은 실루엣을 따라 반짝였다. 이것은 그레이가 구입한 돛이 세 개나 되는 260톤급 범선 〈시크리트〉였다. 이렇게 선장으로서, 배의 선주로서 아르뚜르 그레이는 운명이 그를 리쓰로 인도하기 전까지 4년이라는 시간 동안을 더 항해했다. 그러나 그는 이제 언제까지나 자신을 진심으로 맞아주었던 음악으로 가득 찬 젖먹이 같은 미소를 기억하고 있었고, 1년에 두 번씩은 백발이 되어버린, 이제는 이렇게 다 자란 소년이 자신의 장난감들을 잘 다룰 수 있을 것이라는 얼마 간의 확신을 가지고 있는 여인을 남겨둔 성을 방문하는 것을 잊지 않았다.

새벽

새 벽

그레이의 〈시크리트〉는 하얗게 대양을 가르
며 부서지는 파도를 뒤로 한 채, 저녁 불빛
이 반짝이는 리쓰에 도착했다. 배는 등대에
서 그리 멀지 않은 곳에 정박해 있었다.

〈씨크리트〉는 10일 동안 명주, 커피, 그리
고 차를 가득 실었고, 11일째 되는 날 선원
들은 해변으로 나와 휴식을 취하며 시간을
보냈다. 그리고 12일째 되는 날, 그레이는
아무런 이유없이 찾아든 울적한 기분으로
인해 조용히 슬픔에 잠겨 있었다.

금방 잠에서 깨어난 이른 아침, 그는 이미
이 날은 검은 빛 속에 시작되었다는 것을
직감하고 있었다. 그는 우울하게 옷을 걸치
고, 내키지 않는 식사를 하고 신문을 읽는
것도 잊은 채, 오랫동안 담배를 피우며 대
상 없는 긴장감으로 가득 찬, 뭐라 표현할

수 없는 세계에 깊이 빠져 있었다. 어렴풋이 떠오르는 생각들 사이에서 이 알 수 없는 무게로 자신을 짓눌러오는 긴장감과 똑같은 크기의 힘으로 자신을 망가뜨려 보고픈 알 수 없는 욕망이 어슬렁거렸다. 그때 그는 일을 시작했다.

수부장의 동행 하에 그레이는 배를 살피기 시작해서 돛대 밧줄을 잡아당겨 놓을 것과 조타색을 약하게 할 것을 명령하고, 닻줄 구멍을 청소하고, 삼각돛을 교체하고, 갑판에 수지를 먹이고, 콤파스를 닦고, 선창을 열어 환기시킬 것을 지시했다. 그러나 일도 그레이의 마음을 집중시키지는 못했다. 울적하고 불안한 마음에 사로잡힌 그는 긴장되고 슬프게 하루를 보냈다. 마치 누군가 그를 부르고 있는 것 같았지만, 누가 어디로 그를 부르고 있는 것인지 알 수 없었다.

저녁 무렵 그는 선실에 앉아 책을 집어들고는 여백에 독설적인 코멘트를 달며 저자의 의견에 반대하고 있었다. 한동안 이 놀이, 관 속의 시체와 나누는 흥미진진한 대화는 그를 매료시켰다. 잠시 후 파이프를 집어든 그는 자신의 불안한 몸에서 만들어내는 푸른 연기 속으로 빠져들었다.

담배는 엄청나게 독했다. 마치 떨어지는 파도를 타고 흘러내리는 기름이 파도의 난폭함을 무력화시키는 것처럼 담배도 감정의 긴장감을 약화시켰고 얼마 간 낮은 톤으로 변화시켰다. 그 약화된 긴장감은 좀더 유연하게, 음악적으로 전해져왔다. 결국 그레이의 우울함은 마침내 3대의 담배를 피우고 난 뒤, 커다란 의미를 상실한 채 산만한 상념들에 잠긴 상태로 변해갔다. 1시간 정도 이런 상태가 계속되었다. 영혼을 뒤덮은 안개가 사라졌을 때, 그레이는 정신을 차렸고, 움직이고 싶다는 생각에 갑판으로 향했다. 한밤중이었다. 배 옆으로는 검은 바닷물이 별과 돛대에 매달린 등불을 품에 안은 채 졸고 있었다. 아기의 붉은 뺨처럼 따뜻한 바람에서는 바다냄새가 났다. 고개를 든 그레이는 금빛 별을 향해 눈을 찡그렸다. 잠깐의 순간, 그의 눈동자 속으로 현란한 별들의 날카로운 빛이 스며들었던 것이다. 저녁 도시의 나지막한 소음이 만의 깊은 곳으로부터 귓가로 전해졌고, 가끔씩 해변에서 나누는 대화가 마치 갑판 위에서 하는 말처럼 예민한 바닷물을 통해 바람으로 전해졌다. 그 소리는 한순간 분명하게 울려퍼졌다가는 이내 삭구의 삐걱거리는 소리들 사이로 잦아들었다. 저수조 위에서 성냥이 빛을 발하더니 손가락과 둥근 눈, 콧수염을 비추었다. 그레이는 휘파람을 불었고, 담뱃불은 움직이기 시작해 그에게로 헤엄쳐왔다. 곧 선장은 어둠 속에서 당직 근무를 서는 초병의 모습을 볼 수 있었다.

"레찌까에게 전해라."

그레이가 말했다.

"나와 함께 잠깐 나가자고 하고, 낚싯대를 챙겨 오라고 해."

그는 돛대가 하나인 범선으로 내려와 10분 정도를 기다렸다. 눈치가 빠르고 무례한 청년인 레찌까는 노가 달린 배 옆에 걸려 쿵 소리를 내며 자빠지면서 낚싯도구를 그레이에게 전했다. 그리고는 밑으로 내려와 배의 선미에 식량이 들어 있는 자루를 내려놓았다. 그레이는 키 앞에 앉았다.

"어디로 갈까요, 선장님?"

레찌까는 보트를 오른쪽 노를 이용해 돌리며 물었다.

선장은 아무 말이 없었다. 레찌까는 이 침묵에 절대로 끼어들어서는 안 된다는 것을 잘 알고 있었으므로 자신도 입을 다문 채 힘차게 배를 젓기 시작했다.

그레이는 탁 트인 바다로 방향을 잡은 후, 왼쪽 해변으로 향하기 시작했다. 그에게는 사실상 어디로 가나 아무런 상관이 없었다. 키는 탁한 소리를 내며 끽끽거렸다. 노도 철썩거리는 소리를 냈고, 그 밖의 다른 모든 것들은 바다와 함께 정적 속에 잠겨 있었다.

하루 동안 사람이 이렇게 많은 생각과 느낌 그리고 말과 단어들에 몰두한다면 하루 동안에 몰두한 그 모든 것들만으로도 두꺼운 책 한권은 족히 만들 수 있을 것 같았다. 하루의 표정은 일반적으로 어떤 일정한 표정을 유지하게 마련이지만, 오늘 그레이는 끈질기게 그 얼굴을 응시했음에도 불구하고 하나의 특징적인 표정을 찾아낼 수 없었다. 문득 그 희미한 특징들 속에서 이름없는 무수한 감정들 중 하나가 반짝였다. 그것들은 이름을 붙일 수 없는 언어의 외부에서 개념도 없는 향기의 인상과 비슷한 모습으로 남아 있었다. 지금은 그러한 감정의 중심에 그레이가 있었다. 그는 사실 이렇게 말할 수도 있었다.

'나는 기다리고 있고, 보고 있다. 이제 나는 곧 알게 될 것이다……'

하지만 이런 말들조차도 건축 계획의 아주 작은 부분에 나타난 특징보다 더 큰 것과 비교할 수는 없었다. 이런 울림 속에는 빛나는 영감의 힘이 들어 있기 때문이다.

그들이 항해하고 있는 곳 왼편으로 파도처럼 덮쳐오는 어둠 속에 해변이 나타났다. 붉은 유리창들 위로 연기나는 굴뚝의 불꽃들이 빛났다. 이곳은 까뻬르나였다. 그레이는 행인들이 다투는 소리와 개짖는 소리를 들었다. 시골 마을의 불빛들은 사이사이로 석탄이 보이는, 구멍을 내면서 타들어가는 난로 속을 연상시켰다. 오른쪽으로는 잠들어 있는 사람이 옆에 있는 것처럼 바다가 자신의 존재를 확실하게 드러내고 있었다. 까뻬르나 마을 옆에서 그레이는 해변 쪽으로 방향을 돌렸다. 이곳은 가로등 불빛 아래 잔잔한 물결이 일고 있었고, 그는 절벽이 파놓은 구덩이와 깎아지른 듯한 절벽을 바라보았다. 그는 이곳이 마음에 들었다.

"이곳에서 낚시를 하겠네."

그레이는 노를 젓고 있는 청년의 어깨를 두드렸다.

청년은 이유없는 웃음을 지어 보였다.

"이런 선장은 처음이야."

그가 혼잣말로 중얼거렸다.

'선장은 일은 잘하지만 다른 선장들 같지 않단 말이야. 사람을 힘들게 하는 스타일이야. 그런데도 웬일인지 나는 우리 선장이 좋으니, 참……'

청년은 생각했다.

레찌까는 진흙 속에 노를 박고 거기에 돛단배를 묶었다. 둘은 일어나 솟아오른 바위를 따라 무릎과 팔꿈치로 간신히 기어올라갔다. 절벽에서부터 큰 숲이 이어져 있었다. 메마른 나뭇가지를 자르는 도끼 소리가 울려퍼졌다. 나무를 잘라낸 레찌까는 절벽 위에 모닥불을 피웠다. 바닷물 위로 불꽃의 반영과 그림자가 일렁거렸다. 뒷걸음질치는 어둠 속에 풀들과 나뭇가지들이 반짝였고, 모닥불 위로 흔들리는 연기 속에 대기가 떨려왔다.

그레이는 모닥불 옆에 앉았다.

"자."

그는 병을 내밀며 말했다.

"마시게, 레찌까. 모든 금주주의자들의 건강을 위하여. 그런데 자넨 키닌 주가 아니라 생강주를 가져왔구만."

"죄송합니다, 선장님."

선원은 분위기를 바꾸며 말했다.

"안주 좀 먹을 게요……."

그는 닭고기의 반을 찢어내 입 속에 날개를 집어 넣고는 말을 계속했다.

"저도 선장님께서 키닌 주를 좋아하신다는 걸 잘 알고 있어요. 그런데 어두운데다 또 제가 무척 서둘렀었거든요. 생강은,

84

잘 아시겠지만 사람을 난폭하게 만들지요. 저는 싸워야 할 때 생강주를 마셔요."

선장이 먹고 마시는 동안 레찌까는 곁눈질로 그를 살펴다가 그 동안 궁금했던 것을 참지 못하고 말을 꺼냈다.

"선장님, 선장님이 유명한 가문의 자손이라는 게 사실입니까?"

"그 얘기는 재미없네, 레찌까. 하고 싶으면 낚싯대나 들고 고기나 잡게."

"선장님은요?"

"나? 모르겠네. 할 거야. 그렇지만……조금 있다가."

레찌까는 〈씨크리트〉의 선원들 모두가 감탄하는 시의 대가였던 만큼 시를 읊조리며 능숙하게 낚싯도구를 풀었다.

"가는 줄과 나무 조각으로 채찍을 만들었다네. 그리고 거기에 갈고리를 달아 긴 휘파람을 분다네……."

이렇게 시를 읊조리며 그는 지렁이 상자 속에 손을 집어 넣었다.

"이 지렁이는 땅 속을 기어다니며 즐거운 삶을 살았지만, 이제는 낚시 바늘에 매달릴 신세라네. 그리고 그 몸뚱이는 잡아 먹히고 말 테지."

마침내 그는 노래를 부르며 멀어져갔다.

"밤은 조용하고 보드까는 훌륭하다. 경악해라, 용철갑상어들아, 기절해라 정어리들아."

레찌까는 노래를 부르며 낚시를 하러 산을 내려갔다.

그레이는 바닷물에 떨어진 불빛의 반영을 바라보며 모닥불 옆에 누워 있었다. 그는 멍하니 생각에 잠겼다. 지금 그의 생각은 산만하게 주위를 휘어감으며 희미하게 그를 내려다보고 있었다. 생각은 빽빽한 군중들 속에서 눌리고 부딪치고 멈추었다 다시 내달리는 말처럼 날뛰고 있었다. 공허함, 곤혹스러움 그리고 지루함이 차례로 교차되었다. 생각은 영혼 속을 방황하며 야릇한 설레임을 신비로운 암시로 바꾸어 놓기도 하고, 상상 속의 인물과 인생에 대해 토론을 벌이기도 하고, 추억을 끊어 버리기도 장식하기도 한다. 구름의 움직임 속에 모든 것은 생기있어 보이다가도 한순간 꿈 속에서처럼 서로 아무런 연관이 없어 보이기도 한다. 그리고 휴식을 취하고 있는 의식은, 운명에 대한 생각에 잠겨 있다 갑자기 전혀 어울리지 않는 손님을 만나 불평을 늘어 놓는 2년 전에 부러진 작은 나뭇가지를 바라보며 연신 미소 짓는다. 모닥불 옆에서 그레이는 이런 생각에 빠져 있었지만 그는 그 어딘가에 가 있었다. 이곳에 있지 않았다.

그는 머리를 받치고 있는 팔꿈치가 축축해지고 저려옴을 느꼈다. 별들은 파리하게 빛났고, 어둠은 새벽이 다가올수록 긴장감을 한층 더해갔다. 선장은 잠에 빠져들기 시작했지만 스스로는 그것을 의식하지 못했다. 그는 간절한 술생각에 자루로 손을 뻗어 매듭을 풀기 시작했으나 이것은 이미 꿈 속에서의 일이었다. 잠시 후 그는 꿈꾸기를 멈추었다. 그레이에게 있어 이 두 시간은 그가 머리를 팔쪽으로 기울인 몇 초보다 길지 않게 느껴졌다. 이 시간 동안 레찌까는 모닥불 옆을 두 번 다녀갔고, 담배를 피워물며 호기심 어린 눈으로 잡은 고기의 입 속을 들여다보았다. 거기에는 무엇이 있을까? 그러나 그곳에는 아무 것도 없었다.

잠에서 깨어난 그레이는 순간적으로 그가 어떻게 이곳에 오게 되었는지 기억이 나지 않았다. 그는 놀라움에 가득 찬 눈으로 아침의 행복한 반짝임과 윤곽이 선명해진 나뭇가지들, 그리고 파랗게 불타오르는 저 먼 바다와 해변의 절벽을 바라보았다. 수평선 위로, 그리고 그의 발 위로도 개암나무잎들이 걸려 있었다. 절벽 밑으로는 바로 그레이의 발 밑쪽에서 부서지는 파도 소리가 들려왔다. 나뭇잎에서 반짝이다 방울져 떨어진 이슬은 졸린 얼굴에 차갑게 떨어졌다. 그는 자리에서 일어섰다. 사방이 햇빛의 장엄함 속에 서 있었다. 식어 버린 모닥불의 타다 남은 나무는 가녀린 연기에 생의 마지막 시간을 실어 보내고 있었다. 그 냄새는 녹음 짙은 숲의 천연의 매력을 만끽하는 데 만족감을 더해 주었다.

레찌까는 없었다. 그는 땀을 흘리며 열중한 도박사처럼 넋이 빠져 낚시에 몰두해 있었다. 그레이는 숲을 벗어나 언덕 옆으로 제멋대로 늘어 서 있는 관목숲으로 나왔다. 풀들이 연기를 내며 타고 있었다. 촉촉히 젖은 꽃들은 억지로 찬물에 세수를 시킨 아이들 같은 표정이었다. 녹음의 세계는 셀 수 없이 많은 작은 입들로 제각기 숨을 내쉬며 자신들의 빽빽한 공간 사이로 그레이가 지나는 것을 방해했다. 선장은 알록달록한 풀들이 자라 있는 탁 트인 곳으로 나왔고, 거기서 잠들어 있는 한 젊은 아가씨를 발견했다.

그는 조용히 손으로 나뭇가지를 제치며 새로운 것을 발견할 때의 설레는 느낌으로 멈춰 섰다. 다섯 발짝쯤 떨어진 곳에 한 쪽 발을 오므리고, 다른 쪽 다리는 편 채, 팔 위에 편안하게 머리를 누인 피곤에 지친 아쏠이 돌아누워 있었다. 그녀의 머리는 헝클어져 있었고, 목 단추는 풀어져 하얀 가슴팍이 드러나 보였다. 위로 올려진 치마는 무릎을 드러내고 있었고, 밤갈색 머리카락으로 반쯤 가려진 관자놀이의 그늘 아래 속눈썹은 뺨 위에서 조용히 잠들어 있었다. 그레이는 쪼그려 앉아 아가씨를 얼굴에서 발끝까지 찬찬히 살펴 보며 아놀드 베끌린의 그림에서 본 목신, 파우누스를 연상시킨다는 생각을 하고 있었다.

만일 다른 상황에서였더라면 이 아가씨는 사람들에게 그저 눈에 띄는 정도였을 것이지만, 지금 그는 그녀를 전혀 다른 시각으로 보고 있었다. 모든 것이 그에게서 등을 돌리고 모든 것이 그를 비웃었다. 물론 그는 그녀도, 그녀의 이름도, 게다가 그녀가 왜 해변에서 잠들었는지도 알지 못했지만, 그는 자신이 그녀에 대해 아무것도 아는 것이 없다는 바로 그 사실이 더욱 만족스러웠다. 그는 그림들에 아무런 설명이나 서명이 없는 것을 좋아했다. 이런 그림들이 주는 인상은 비교할 수 없을 만큼 강해서 그림의 배경이나 그에 관한 어떤 설명에도 관계없이 내용에 대한 가능한 모든 추측과 가정들 속에 상상의 나래를 펼 수 있는 것이다.

나뭇잎의 그늘은 점점 더 짧아졌고, 그레이는 아직도 그 자리에 불편한 자세로 앉아 있었다. 그 처녀를 감싼 모든 것은 깊은 잠에 빠져 있었다. 검은 머리카락도 잠들어 있었고, 원피스도 잠들어 있었고, 원피스의 주름들도 잠들어 있었다. 심지어

그녀 가까이에 있는 풀들도 졸고 있는 것처럼 느껴졌다. 그러한 느낌이 그레이에게까지 완전히 전해졌을 때, 그는 따뜻하게 솟아오르는 느낌의 파도 속으로 들어가 그녀와 함께 헤엄치기 시작했다. 이미 오래전부터 레찌까는 큰소리로 선장을 찾고 있었다.

"선장님, 어디 계세요?"

그러나 선장은 그 소리를 듣지 못했다.

마침내 그가 자리에서 일어섰을 때, 그녀에 대한 특별한 끌림은 별안간 떨고 있는 여인에 대한 어떤 예감으로 변해 그를 휘감았다. 그는 생각에 잠긴 채 그녀에게로 다가가며 오랫동안 끼고 있었던 값비싼 반지를 손가락에서 빼냈다. 그는 무언가를 골똘히 생각하면서, 그리고 어쩌면 이것으로 그는 삶에서 철자법처럼 명백히 존재하는 그 무엇인가를 예견하고 싶었는지도 모를 일이었다. 그는 뒤통수에 눌려 창백해진 그녀의 작은 손가락에 조심스레 반지를 끼워 주었다. 작은 손가락은 한 번 꿈틀하고는 다시 구부러졌다. 다시 한번 잠에 취한 얼굴을 찬찬히 바라본 그레이는 고개를 돌려 잡목 속에서 눈썹을 치켜뜨고 있는 레찌까를 보았다. 레찌까는 놀라 입을 벌린 채 그레이가 하는 행동을 지켜 보고 있었다.

"자네 왜 그러나, 레찌까!"

그레이가 말했다.

"이 아가씨 좀 봐, 어때, 예쁘지?"

"절묘한 예술 작품이군요!"

책에 나오는 표현을 즐겨 쓰는 레찌까가 속삭였다.

"이러한 상황이 만들어 내는 상상 속에 무언가 추측되는 바가 있군요. 그건 그렇고 선장님, 저는 뱀장어 4마리와 또 곰처럼 뚱뚱한 놈을 하나 잡았어요."

"조용히 하게, 레찌까. 어서 여기를 떠나세."

그들은 잡목 수풀 속으로 들어갔다. 이제 그들은 보트를 타고 돌아가야 했지만 그레이는 녹음과 모래밭 위로 까뻬르나의 아침 연기가 흐르고 있는 낮은 해변의 먼 곳을 살피며 걸음을 늦추었다. 그 연기 속에서 그는 다시 그 처녀를 보았던 것이다.

그러자 그는 단호하게 몸을 돌려 절벽을 따라 기어내려 가기 시작했다. 레찌까는 무슨 일인지 묻지 않고 그 뒤를 따랐다. 그는 다시금 꼭 필요한 침묵의 순간이 찾아왔음을 느낄 수 있었던 것이다. 거의 마을의 첫 번째 건물까지 다가왔을 때, 별안간 그레이가 말했다.

"레찌까, 자네의 경험 많은 눈으로 여기 어디에 선술집이 있는지 분간할 수 있겠나?"

"분명 저기, 저 검은 지붕일 겁니다."

레찌까가 말했다.

"하지만 아닐 수도 있어요."

"저 지붕에 무슨 표시라도 일단 말인가?"

"저는 잘 모릅니다, 선장님. 마음의 목소리가 그렇게 말하는 것뿐이죠. 그 이상은 없어요."

그들은 그 집으로 다가갔고, 그곳은 정말 힌 멘네르스의 선술집이었다. 열린 창문으로 식탁 위에 놓인 술병이 보였고, 술병 옆에는 누군가가 더러운 손으로 반쯤은 하얗게 새버린 콧수

염을 만지작거리고 있었다.

이른 시각이었음에도 술집 홀에는 세 사람이 자리를 차지하고 앉아 있었다. 창문 가에는 콧수염이 하얀 술주정뱅이 숯장사가 앉아 있었고, 식당과 내부로 통하는 홀의 문 사이에는 계란 요리와 맥주를 앞에 두고 두 명의 어부가 앉아 있었다. 주근깨가 난 지루한 얼굴의 키 큰 젊은이 힌 멘네르스는 뭘 좀 더 팔아먹을 수 없을까 하는 반쯤 장님 같은 눈을 하고 민첩하고 교활한 표정을 띤 채 싱크대 뒤쪽에서 그릇을 닦고 있었다. 더러운 바닥으로 창문을 통해 햇빛이 들어오고 있었다.

그레이가 뽀얀 먼지가 떠다니는 햇빛 아래로 들어서자마자 힌 멘네르스는 공손하게 인사를 하며 뛰쳐나왔다. 그는 첫눈에 그레이가 선장임을 알아보았다. 손님의 옷차림이 그들이 가끔씩만 볼 수 있는 차림이었던 것이다. 그레이는 럼주를 주문했다. 사람들의 소란으로 누렇게 변한 식탁보로 탁자를 덮은 힌 멘네르스는 예의를 지키는 척 수선을 떨며 술병을 내왔다. 그리고는 자기 자리로 돌아가 그레이와 닦고 있는 접시를 번갈아 살피며 하던 일을 계속했다.

레찌까가 술잔을 두 손으로 잡고 창문을 바라보며 조용히 술잔과 속삭이고 있을 때, 그레이는 힌 멘네르스를 불렀다. 힌 멘네르스는 이 부름에 기분이 우쭐해져 매우 만족스런 표정으로 의자 턱에 걸터 앉았다. 이 우쭐함이라는 것이 바로 그레이의 손가락이 까딱하는 손짓에서 나온 것이었다.

“당신은 이곳에 사는 모든 사람들을 알고 있겠지요.”

그레이가 조용히 말을 시작했다.

"나는 한 젊은 아가씨의 이름을 알고 싶은데……. 머리를 땋았고, 작은 장미꽃 무늬가 있는 원피스 차림에 짙은 갈색 머리카락, 키는 크지 않고, 한 열 일곱에서 스무 살쯤 됐을 법한데……. 나는 그 처녀를 여기서 멀지 않은 곳에서 보았소. 그녀의 이름이 무엇이오?"

그는 일정한 톤으로 위엄을 갖추며 말했다.

힌 멘네르스는 내심 당황스러웠고, 심지어 비웃기까지 했지만, 겉으로는 대화의 예의를 정중하게 지켰다. 그는 대답하기에 앞서 잠깐 침묵했다. 승산없는 유일한 그의 바람은 도대체 무슨 일인지 알아내고픈 마음뿐이었다.

"흠!"

그는 시선을 천정으로 향하며 헛기침을 했다.

"그건 분명히 〈배를 기다리는 아쏠〉일 겁니다. 걔 말고는 없어요. 그런데 그 아이는 좀 모자란 처년데……"

"정말이오?"

그레이는 한모금의 술을 마신 뒤 차갑게 물었다.

"어쩌다 그렇게 되었소?"

"한번 들어보시겠습니까?"

그리고 힌 멘네르스는 그레이에게 약 7년 전 소녀가 해변에서 노래 수집가와 어떤 이야기를 나누었는지에 대해 들려 주었다. 분명히 이 이야기는 그 옛날 걸인이 주장한 대로 이 선술집에서 조작된 유치하고 뻔뻔스런 헛소리인 것처럼 얘기되었지만 그래도 이야기의 핵심은 그대로 전달되었다.

"그때부터 그녀를 이렇게 부르죠."

힌 멘네르스가 말했다.

"〈배를 기다리는 아쏠〉이라구요."

그레이는 무심코 조용하고 겸손하게 앉아 있는 레찌까를 바라보았고, 그리고는 선술집 옆으로 난 먼지 나는 길로 시선을 던졌다. 그 순간 그는 일격을 당한 느낌이었다. 가슴과 머리에 동시에 전해오는 충격. 먼지 나는 길을 따라 선장이 바라보고 있는 쪽으로 얼굴을 향한 〈배를 기다리는 아쏠〉이, 힌 멘네르스가 방금 병적으로 비방한 그녀가 걸어오고 있었던 것이다. 주체할 수 없이 떨려오는 비밀을 품고 있는 듯한 그녀의 얼굴이 가진 표정들 속에 이제 그는 햇빛 아래서 그녀의 시선을 볼 수 있었다. 레찌까와 힌 멘네르스는 창문 쪽으로 등을 돌리고 앉아 있었지만 그들은 뒤를 돌아보지 않았고, 그레이는 사내답게 힌 멘네르스의 갈색 눈동자가 보내는 시선을 받고 있었다. 그런데 그가 아쏠의 눈을 들여다보게 된 순간 힌 멘네르스가 한 왜곡된 이야기는 모두 잊혀져 버렸다. 그러나 아무것도 모르는 힌 멘네르스는 이야기를 계속했다.

"그리고 또 하나 더 당신께 알려드리고 싶은 것은, 그녀의 아버지가 진짜 철면피라는 겁니다. 그는 내 아버지를 마치 고양이처럼 물에 빠뜨려 죽였지요. 신이여 그를 용서하소서. 그는……."

갑자기 뒤쪽에서 들려오는 거친 고함소리에 그는 말을 끊었다. 무섭게 눈을 번뜩이는 숯장사는 술기운에 별안간 꽥꽥거리며 노래를 부르기 시작했고, 사람들은 그 거친 음성에 몸을 떨었다.

"바구니 들고 가는 아이야, 바구니 들고 가는 아이야, 바구니를 내려 놓고 우리 한번 싸워 보자꾸나!……."

"또 취했구만, 이 저주받을 악마같으니라구!"

힌 멘네르스가 소리치기 시작했다.

"저리 꺼져!"

"……하지만 이것만은 무서워해라. 우리의 고향으로 오게 되는 것……"

한바탕 고함을 내지른 숯장사는 마치 아무 일도 없었던 것처럼 철철 넘치는 술잔 속에 콧수염을 적셨다.

힌 멘네르스는 당황해하며 어깨를 으쓱해 보였다.

"괴물이지, 인간이 아니야."

그는 구두쇠의 기분 나쁜 성격을 드러내며 말했다.

"매일 저렇다니까!"

"더 이상 해줄 얘기 없소?"

그레이가 물었다.

"저요? 제가 말했잖아요. 그 여자의 아버지는 나쁜 놈이라고. 그 사람 때문에 제가 고아가 되어가지구요. 아주 어릴 때부터 저는 혼자 힘으로 근근히 먹고 살았어요……."

"거짓말."

문득 숯장사가 말했다.

"니가 얼마나 추악하고 얼토당토 않은 거짓말을 하는지 내가 술이 다 깬다, 술이 다 깨!"

힌 멘네르스는 숯장사가 이렇게 말을 걸자 입을 열지 못했다.

"그 사람은 거짓말을 하고 있어요. 지네 아버지도 거짓말을 했고, 어머니도 거짓말을 했지요. 그런 종자들이라니까요. 그 아가씨는 우리처럼 건강한 사람이에요, 모자란 애가 아니라구요. 저는 그 처녀와 얘길 많이 했습죠. 여든 네 번인가 아니면 조금 적든가, 하여튼 제 수레에 탔었거든요. 그 처녀가 걸어서 시내에서 돌아올 때, 저는 숯을 팔고 돌아오는 길에 그 아일 태워주곤 했지요. 제 말은 그 아가씨도 머리가 좋다는 말입니다. 그건 지금도 알 수 있는 일입지요. 너랑은, 힌 멘네르스, 그 아이가 두 마디도 제대로 나누지 않는 게 당연하지. 하지만 저는요, 나리, 자유롭게 사는 우리 숯장사들은 소문을 경멸하는 편이지요. 그 애는 어른처럼 얘기하지만 그 애와 이야기를 나누는 건 무척 재미나답니다. 언뜻 들어 보면 우리가 어르신네와 얘기했던 것과 비슷한 것 같지만 실은 그게 아닙죠. 예를 들자면, 한 번은 그 아이의 일에 대한 얘기를 했는 뎁쇼, 제 어깨를 종 위에 앉은 파리처럼 잡고 이렇게 말했습죠. '내 일은 지루하지 않아요. 하지만 뭔가 특별한 건 한번 해보고 싶어요. 저는 이런 걸 해보고 싶어요. 제 책상 위에서 보트가 저 혼자 움직이고, 노 젓는 사람들이 진짜로 노를 젓고, 그 다음에는 그들이 해변으로 나와 정박해서 계류용 밧줄을 던지고, 살아 있는 그 선원들이 해변에 내려서 식사를 하는 거예요.' 그래서 저는 큰 소리로 웃었습죠. 그때 갑자기 우스워졌거든요. 제가 이렇게 말했습죠. '자, 아쏠, 하지만 그건 네 일이고, 네 생각일 뿐이란다. 주위를 한 번 보렴. 모두들 마치 싸우는 것처럼 일하고 있잖니.' '아니예요.' 그 아이가 말했습죠. '저는 알아요. 어부는 고기를 잡을 때, 아직 누구도 잡아 본 적이 없는 큰 고기를 잡을 생각을 하죠.' 그래서 제가 물었습죠. '그러면 나는?' 그녀가 웃으며 말했습죠. '아저씨는? 아저씨는 아마 바구니에 숯을 담을 때, 거기서 꽃이 피어날 거라고 생각할 거예요.' 이런 말을 분명히 그 아이가 했습죠! 바로 그 순간에 저는 빈 바구니 속을 들여다보면서 내 눈 속으로 나뭇가지의 싹이 기어나오고, 봉오리가 터져 바구니를 따라 잎이 떨어지는 걸 보는 것 같아 깜짝 놀라고 말았습죠. 글쎄 술이 확 깨더라니까요! 그리고 힌 멘네르스는 거짓말을 하고 있고 가난하지도 않습니다요. 나는 저 사람을 잘 알아요!"

이야기가 모욕적인 방향으로 흐르자 힌 멘네르스는 숯장사를 노려 보면서 혼잣말로 욕을 하며 싱크대 뒤로 몸을 감추었다.

"뭐 좀더 주문하시겠습니까?"

"아니오."

그레이는 값을 지불하며 말했다.

"우리는 이제 갈 겁니다. 레찌까, 자네는 이곳에 남아 있다 저녁 때쯤 돌아오게. 그리고 이건 우리 둘만 알고 있는 일이야. 가능한 모든 것을 알아내 내게 전하게. 알겠나?"

"선량하신 선장님."

레찌까는 럼주에 취한 듯 말했다.

"그 말을 알아듣지 못할 사람은 귀머거리밖에 없습니다요."

"좋아. 한 가지 더 기억하게. 자네한테 일어날 어떤 상황에서도 절대 나에 대한 이야기는 입 밖에 꺼내서는 안 돼. 내 이름까지도 말일세. 그럼 수고하게!"

그레이는 밖으로 나갔다. 그러자 이제껏 그를 괴롭혔던 대포 속 불꽃 같은 혼란한 감정이 그를 떠났다. 그는 정신을 차리고 생각을 정리한 후, 보트에 올랐다. 미소를 띤 채 그는 팔을 뻗어 손바닥을 이글거리는 태양 쪽으로 높이 들어올렸다. 마치 언젠가 소년이 포도주 창고에서 했던 것처럼. 그리고 그는 배를 띄우고 항구를 향해 바삐 노를 젓기 시작했다.

전날 밤

전날 밤

그날이 오기 바로 전날, 그리고 노래를 모으는 예글리가 해변에서 소녀에게 붉은 돛단배에 대한 이야기를 들려준 지 7년이 지난 오늘, 아쏠은 매일 하는 장난감 가게로의 방문을 마치고 실망에 찬 슬픈 얼굴로 돌아오고 있었다. 물건들은 그녀의 바구니 안에 그대로 담겨 있는 채로였다. 그녀는 너무나 속이 상해 아무런 말도 할 수 없었고, 롱그렌의 걱정스런 얼굴을 보고 그가 무언가 나쁜 일을 상상하고 있다는 것을 눈치 챈 후에야 바다를 바라보며 창문 유리를 손가락으로 문지르면서 이것저것 말을 꺼냈다.

장난감 가게 주인은 이번에는 자신들이 얼마의 빚을 지고 있는지를 적은 장부를 보여 주는 것으로 말을 시작했다. 그녀는 가슴에 와 박히는 세 자리 숫자를 보고 몸을 떨었다.

"이게 바로 당신들이 12월부터 가져간 액수요."

주인이 말했다.

"그리고 여기 얼마나 팔렸는지 보시오."

그리고 그는 이번에는 두 자리 숫자인 다른 금액을 손가락으로 가리켰다.

"쳐다보기 안쓰럽고 창피했어요. 저는 그 사람 얼굴을 슬쩍 보았는데, 무척 화가 나 있었어요. 곧바로 뛰쳐나오고 싶었지만, 솔직히 부끄러워서 그럴 만한 힘도 없었어요. 그리고 그 아저씨가 말하기 시작했죠. '나한테는 이제 더 이상 이익이 없소이다. 지금은 외제 상품이 유행하는 시대라 모든 가게에서 그런 상품들만 취급하고 있지요. 그리고 이런 수공예품은 사가지도 않는단 말이오.' 이렇게 얘기했어요. 그리고 또 많은 말들을 했는데 잊어버렸어요. 아마 그 사람은 제가 불쌍했나 봐요. 저한테 〈어린이 시장〉과 〈알라딘의 램프〉에 가보라고 충고해 줬거든요."

이야기를 끝낸 아쏠은 조심스레 아버지 쪽으로 시선을 돌렸다. 롱그렌은 고개를 떨구고 팔짱을 낀 채 앉아 있다, 아쏠의 시선을 느끼고는 고개를 들고 한숨을 내쉬었다. 무거운 기분을 추스린 아쏠은 아버지에게로 달려갔다. 그녀는 자기의 손을 가죽으로 만든 아버지의 옷소매에 넣은 후, 미소를 띤 채 아버지의 얼굴을 바라보면서 곁에 앉아 애써 발랄한 표정을 지어 보이며 애기를 계속했다.

"괜찮아요, 이건 모두 괜찮아요. 내 애기를 잘 들어 보세요. 그래서 저는 밖으로 나갔어요. 그리고는 커다란 상점으로 갔지요. 거기에는 엄청나게 많은 사람들이 있었어요. 사람들이 저를 밀쳤죠. 하지만 저는 힘껏 사람들을 헤집고 들어가 안경을 쓴 검은 옷차림의 사람에게로 다가갔어요. 제가 그 사람에게 무슨 말을 했는지 기억이 나진 않지만 끝에 가서 그 사람은 한 번 웃어 보이더니 바구니 속을 들여다보고는 무엇인가를 꺼내 바라보았고, 다시 원래대로 덮어 놓더군요."

롱그렌은 잔뜩 화가 나 듣고 있었다. 그는 마치 값비싼 물건들로 가득 찬 가게 옆, 엄청난 군중 속에 허둥대는 딸의 모습을 보고 있는 것 같았다. 안경을 쓴 말쑥한 사람은 그가 만약 이 롱그렌의 소박한 수공품을 팔기 시작한다면 파산하게 될 것이라고 아쏠에게 도도하게 설명했다. 그는 진열대 위에 신경질적으로 건물의 작은 모형, 철로 다리, 작고 예쁜 자동차, 전기제품들, 비행기 그리고 움직이는 장난감들을 올려놓았다. 이 모든 것에서는 물감냄새가 풍겼다. 그가 아쏠에게 늘어놓은 말들 중 알아 들을 수 있었던 것은 아이들이 놀이를 할 때 지금은 어른들이 하는 일만을 흉내낸다는 것이었다.

아쏠은 또 〈알라딘의 램프〉에도 갔었고, 그리고 다른 두 개의 상점에도 더 가보았지만 아무런 성과도 얻을 수 없었다.

이야기를 끝내고 그녀는 저녁 준비를 했다. 식사를 하고 진한 커피를 마신 후 롱그렌이 말했다.

"이제 우리에게 운이 따르지 않는다면 다른 일거리를 찾아봐야지. 어쩌면 내가 다시 〈피쯔로이〉나 〈빨레르모〉에서 근무할 수 있을지 모르겠구나. 물론 그 사람들이 하는 말이 맞는 얘기지."

그는 장난감에 대한 생각에 잠긴 채 이야기를 계속했다.

"이제 아이들은 놀지 않고 공부를 하지. 아이들은 공부하고 또, 공부하지만 결코 사는 법을 배울 순 없어. 모든 게 그래, 정말 안타깝구나, 안타까워. 내가 항해를 하게 되면 나 없이 너 혼자 지낼 수 있겠니? 너를 혼자 내버려 둔다는 건 한 번도 상상해 본 적도 없지만 말이다."

"저도 아빠와 함께 일할 수 있어요, 식당 같은 데서요."

"안 된다!"

롱그렌은 떨리는 탁자를 내리치며 말했다.

"내가 살아 있는 한 네가 직장을 구하는 일은 없을 게다. 그리고 아직 생각할 시간은 있잖니."

그는 우울하게 말을 맺었다. 아쏠은 그의 옆, 등받이 없는 의자 구석에 걸터 앉았다. 그는 고개를 돌리지 않은 채 곁눈질로 딸이 자신을 위로해 주려고 애쓰는 걸 보고는 웃음이 터져 나올 뻔했다. 이 상황에서 웃는다는 건 딸아이를 놀라게 하고 당황하게 만드는 일이라고 생각했기 때문에 웃음을 참고 있었던 것이다. 이쏠은 마음속으로 무슨 말인가를 하며 아빠의 회색 머리칼을 쓰다듬었고, 콧수염에 입을 맞추고는 그의 귀를 잡아 가녀린 두 손으로 귀를 막으며 말했다.

"자, 이제 아빠는 제가 아빠를 사랑한다는 말을 못 들을 거예요."

딸이 자신을 위로하고 있는 동안 롱그렌은 마치 연기에 질식할까 두려워하는 사람처럼 인상을 찡그리고 앉아 있다가 그녀의 이 말을 듣고는 큰소리로 웃기 시작했다.

"사랑스런 아가야."

그는 딸아이의 볼을 어루만지며 그저 이렇게만 말하고는 보트를 살피기 위해 해변으로 나갔다.

이쏠은 잠시 동안 고요한 슬픔에 몸을 내맡겨 둘까, 아니면 꼭 해야 하는 집안 일을 할까 고민하며 생각에 몰두한 채 방 한 가운데에 서 있었다. 그녀는 무게를 달아 보지도 재보지도 않았지만 모든 것을 알 수 있었다. 밀가루는 이번 주말까지 버틸 수 없고, 설탕 단지는 바닥이 났고, 차와 커피 봉지는 거의 빈 상태고, 버터는 아예 없고……. 이쏠의 화난 눈이 그래도 겨우 평정을 찾을 수 있는 것은 감자가 든 자루뿐이었다. 점검을 마친 그녀는 바닥을 닦고 낡은 치마에 주름장식을 이어 붙이기 위해 앉았다가 천 조각이 거울 뒤에 있다는 것을 기억해 내고는 거울 쪽으로 다가가 옷감 꾸러미를 꺼내 놓은 채 거울에 비친 자신의 모습을 바라보았다.

개암나무로 만든 테두리 속 반짝이는 텅 빈 공간으로 방이 비치고, 장미꽃 무늬가 있는 값싼 흰 무슬린으로 만든 옷차림의 아가씨가 서 있었다. 그녀의 어깨에는 회색 실크 스카프가 걸려 있었고, 볕에 그을려 반쯤은 어린아이 같은 얼굴이 인상적이었다. 나이에 비해 조금 진지해 보이는 아름다운 눈동자가 수줍게 깊은 영혼을 응시하고 있었다. 그녀의 작은 얼굴에는 매력적인 가녀린 순수함이 엿보였다. 얼굴의 윤곽과 음영은 물론 다른 여자들의 모습에서도 찾아볼 수 있는 것이었지만, 그녀의 분위기는 독특한 아름다움을 지니고 있었다. 그것은 〈매력〉이라는 단어 외에 그 어떤 말로도 설명할 수 없는 것이었다.

거울에 비친 아가씨는 아쏠처럼 희미하게 미소 지었다. 미소는 우울했고, 이를 감지한 그녀는 마치 낯선 사람을 보는 것처럼 소스라치게 놀랐다. 그녀는 거울에 뺨을 대고는 눈을 감고, 거울에 비친 그녀의 모습을 손으로 조용히 어루만졌다. 조용한 설움이 그녀 속에서 반짝였다. 그녀는 잠시 동안 그렇게 서 있다가 이내 웃음을 짓고는 앉아 바느질을 시작했다.

그녀가 바느질을 하고 있는 동안, 그녀를 더 자세히 살펴 보자 그녀 속에는 아름다운 혼란 속에 뒤섞인 두 명의 아가씨, 두 명의 아쏠이 있었다. 하나는 선원의 딸, 장난감을 만드는 장인의 딸이었고, 다른 하나는 그녀의 말과 모습이 가진 모든 기적의 빛을 내포하고 있는 그녀의 또 다른 모습이었다. 이때의 그녀는 빛과 그늘의 상호연관성 속에 숨어 있는 비밀스런 고리를 품고 있는, 살아 있는 시였다. 그녀는 그녀의 경험으로 만들어진 제한된 삶을 알고 있었지만, 일반적인 현상을 넘어서는 또 다른 질서가 지배하는 세상을 보고 있었다. 이렇게 한 사물을 살펴 보면서 우리는 그 속에서 무언가 부차적인 것을 발견하게 되지만 그 느낌은 그것을 느끼는 사람의 수만큼이나 다양하다. 하지만 아쏠은 이런 것들을 모든 눈에 보이는 것들 위에서 내려다보고 있었다. 그녀 내부에 이런 조용한 싸움이 없었다면, 그녀의 영혼에게 세상 모든 것들은 한마디로 이해할 수 없는 것들이었을 것이다. 그녀는 글을 읽을 줄 알고 읽는 것을 좋아 했지만, 그녀는 글에서도 그녀가 살아가는 모습처럼 행간을 읽어 냈다. 독특한 영감으로 그녀는 의식하지 않는 매순간마다 순수함과 따뜻한 온기처럼 중요한, 하지만 표현되지 않는 무수한 발견들을 했다. 가끔씩(이것도 매일 이어졌다) 그녀는 다시 태어나기도 했다. 삶의 육체적인 고단함은 정수리를 한대 얻어맞았을 때 찾아오는 아득한 고요함처럼 사라졌고 그녀가 살아왔던 것보다는 그녀가 보았던 주변의 모든 것이 일상의 모습 속에 비밀을 수놓은 레이스 장식이 되었다. 밤이 찾아오면 흥분된 마음으로 설레임과 두려움 속에 새벽을 기다리면서 붉은 돛단배가 나타날 해변으로 달려나간 것이 한두 번이 아니었다. 이 순간들이 그녀에게는 행복이었다. 우리에게는 그렇게 옛날 이야기 속으로 빠져들어가는 것이 어렵지만, 그녀에게는 옛날 이야기의 힘과 마력으로부터 빠져나오는 것이 더 어려웠을 것이다.

예전에 그녀는 이 모든 것들에 대해 생각하며 진심으로 스스로에게 놀랐었고, 미소로 바다에게 작별을 고하고 우울하게 현실로 돌아오면서 믿었던 것들을 믿지 않으려 다짐도 해보았다. 그러나 지금, 실의 매듭을 묶으며 그녀는 자신의 삶을 돌이켜

보았다. 그곳에는 많은 슬픔과 또 평범함도 있었다. 아빠와 단 둘이 사는 삶의 고독은 그녀를 말할 수 없이 힘들게 했고, 그녀 속에는 이미 내성적인 소심함의 계곡과 생기를 띨 수 없는 주름살이 생겨났다. 사람들은 '저 아이는 바보야, 제정신이 아니라구' 라고 말하며 그녀를 비웃었고, 그녀는 이런 고통에 익숙해졌다. 그녀는 마치 맞아서 부어오는 것처럼 가슴이 봉긋이 생겨나기 시작한 후에도 이런 모욕들을 참아 내야만 했다. 여자로서 그녀는 까뻬르나에서 인기가 없었지만, 많은 사람들은 그녀가 설령 거칠고 침울한 여자이긴 하지만 그녀에게는 평범함 이상의 그 무엇인가가 있다고, 단지 그것이 그들이 이해할 수 없는 다른 언어로 주어졌을 뿐이라고 생각하기도 했다. 까뻬르나 사람들은 기름진 피부에 뚱뚱하고 튼튼한 팔을 가진 여자들을 선호했다. 그리고 이곳에서는 구애를 할 때 마치 시장에서처럼 손바닥으로 등을 툭툭 치며 부딪히는 관습이 있었다. 이런 감정 표현의 형태는 사자의 순박함을 연상시킨다. 아쏠 또한 신경질적으로 일상의 움직임을 쫓아가는 단호한 사람들의 무리로 다가가 보기도 했었다. 하지만 이 모든 것에서 사랑이라는 것은 의미없는 것이었다. 병사들이 부는 금관악기 소리 속에 섞인 바이올린의 찬란한 슬픔은 똑바로 전진하고 있는 엄격한 연대의 움직임을 뒤바꾸기에는 무기력하기만 했던 것이다.

이처럼 그녀의 머리가 삶의 노래를 흥얼거리고 있는 동안 손은 능숙한 움직임으로 재빠르게 일을 했다. 실을 입으로 물어 뜯으며 그녀는 먼 곳을 응시했지만 이런 행동이 술기를 가지런히 뒤집어 정확하게 재봉틀의 재봉실 아래 놓는 것을 방해하지는 못했다. 롱그렌은 돌아오지 않았다. 하지만 그녀는 아빠에 대해 걱정하지 않았다. 최근에 롱그렌은 꽤나 자주 밤에 고기를 잡으러 보트를 타고 나가거나 아니면 그저 바람을 쐬러 나가곤 했다.

아쏠은 두려움도 느끼지 않았다. 그녀는 그에게 나쁜 일이 일어나지 않으리란 걸 알고 있었기 때문이다. 이 문제에 대해 아쏠은 아직도 작은 소녀처럼 자신의 방식으로 친근하게 기도드리곤 했다. 아침에는 '안녕, 하느님!' 그리고 저녁에는 '안녕히 계세요, 하느님!' 하는 식으로 말이다.

그녀는 신과의 이런 짤막한 인사가 그가 불행으로부터 멀어지게 하는 데 충분하다고 생각했다. 그녀는 신의 입장이 되어 보았다. 신은 수많은 사람들이 하는 기도로 항상 바빠서 일반적인 삶의 걱정에 대한 문제에 대해서는, 가게가 사람으로 가득 차 주인이 '다음 사람!' 하고 손뼉 쳐주기를 기다리는 손님의 끈질긴 인내를 가지고 하느님을 대할 필요가 있다고 그녀는 생각하고 있었다.

바느질을 끝낸 아쏠은 일감을 구석에 있는 탁자 위에 올려놓고 옷을 벗고는 자리에 누웠다. 불은 꺼졌다. 이내 잠들 것 같지 않은 기분이었다. 꼭 한낮의 태양빛 아래에서처럼 정신이 말짱했고, 심지어 어둠까지도 억지로 꾸며 낸 가짜인 것처럼 느껴졌다. 심장은 주머니 시계처럼 빠르게 뛰었고, 마치 바로 베개와 귀 사이에서 뛰고 있는 것처럼 느껴졌다. 아쏠은 뒤척이며 이불을 폭 뒤집어 썼다가는 다시 이불 밖으로 머리를 내밀었다. 아쏠은 화가 나기 시작했다. 마침내 그녀는 잠들기를 도와주는 익숙한 생각을 불러냈다. 그녀는 생각 속에서 파문이 번지는 것을 바라보며 깨끗한 물 속에 돌을 던져 넣기 시작했던 것이다. 잠은 마치 이 돌팔매질만을 기다렸다는 듯 다가와 그녀의 미소 옆에서 '쉬-쉬-쉬-쉬' 소리를 냈다. 아쏠은 이내 잠으로 빠져들었다. 꽃이 피는 나무, 우울, 매력, 노래와 신비로운 일들, 이런 꿈들에 싸여 잠에서 깨어난 그녀에게는 차가움과 환희를 안고 다리에서 가슴으로 뛰어들어 온 푸른 물의 반짝임만이 기억되었다. 이 모든 것을 바라본 그녀는 아직 더 얼마 간의 시간 동안 꿈 나라에 머물다가 잠에서 깨어나 앉았다.

그녀가 깊은 잠을 자지 못한 것처럼 꿈은 꾸지 않았던 것 같았다. 새롭고 즐거운 무엇인가를 하고 싶은 느낌이 그녀를 따뜻하게 해주었다. 그녀는 낯선 곳을 바라볼 때와 같은 시선으로 주위를 둘러보았다. 새벽이 밝아 왔다. 완전히 날이 밝은 것은 아니었지만 희미한 빛으로 주변을 분간할 수는 있었다. 창문 아래는 어둡고, 위쪽은 환했다. 집 밖으로 시야가 닿는 곳까지 새벽별이 반짝이고 있었다. 이제는 다시 잠들 수 없다는 것을 안 아쏠은 옷을 걸치고 창문 쪽으로 다가갔다. 그녀는 문고리를 벗겨 내고 창문을 열었다. 창문 뒤로는 주의깊고 섬세한 고요함이 서 있었다. 고요함은 지금 막 다가온 듯했다. 푸른 어둠 속에서 잡초들이 반짝였고, 더 먼 곳으로는 나무들이 잠들어 있었다. 후덥지근한 바람이 불어왔다.

위쪽 창문을 잡은 그녀는 바깥을 내다보다 미소를 머금었다. 갑자기 멀리서 들려오는 누군가를 부르는 듯한 소리가 그녀의 몸 안과 밖에서 동시에 그녀를 덮쳐와 그녀는 마치 다시 한번 잠에서 깨어난 것 같았다. 이 순간부터 떠오르기 시작한 온갖 생각들은 그녀를 내버려 두지 않았다. 우리는 보통 이야기를 할 때 사람들의 말을 이해하면서 듣지만, 같은 이야기를 반복해서 듣는다면 그 속에서 다른, 새로운 의미를 깨달을 수 있게 된다. 그녀 역시 마찬가지였다.

그녀는 언제나처럼 그녀의 머리를 감싸는 낡은 스카프를 둘러쓰고 턱 밑에서 매듭을 만들었다. 문을 닫고 맨발로 길을 걷기 시작했다. 아무도 없었고, 아무 소리도 들리지 않았지만, 그녀에게는 오케스트라의 연주가 들리는 듯했고, 사람들도 이 소리를 들을 수 있을 것만 같았다. 그녀에게는 모든 것이 사랑스러웠고, 모든 것이 그녀를 기쁘게 했다. 따뜻한 먼지가 맨발을 간지럽혔고, 호흡은 밝고 유쾌했다. 희끄무레한 여명 속에 하늘은 지붕과 구름을 어두워 보이게 했다. 울타리, 들장미, 채소밭, 정원 그리고 부드러워 보이는 길이 졸고 있었다. 모든 것에서 낮과는 다른 질서가 엿보였고, 그것들은 지나가는 그녀를 몰래 바라보며 눈을 뜬 채 졸고 있었다.

그녀는 서둘러 마을을 벗어났고, 마을에서 멀어질수록 더 빨리 걸었다. 까뻬르나 마을 뒤로는 잔디밭이 있었고, 잔디밭 뒤쪽으로는 해변 언덕의 경사를 따라 개암나무, 포플러 그리고 밤나무가 자라고 있었다. 길이 끝나고 아득한 절벽으로 이어지는 곳에서 아쏠의 발 언저리를 흰 가슴의 털복숭이 검은 개 한 마리가 긴장된 눈길로 맴돌고 있었다. 강아지는 아쏠을 알아보고는 멍멍 짖으며 마치 〈나〉와 〈너〉 사이에서만 이해될 수 있는 그 무엇에 대해 그녀와 말없는 동의를 한 것처럼 옆에서 나란히 걸었다. 이쏠은 강아지의 이야기하는 듯한 눈을 바라보며 강아지는 말을 할 수도 있으며 강아지에게는 침묵할 만한 아무런 비밀이 없다는 것에 강한 확신을 가졌다. 이쏠의 미소를 눈치 챈 강아지는 유쾌하게 눈을 찡긋해 보이고는 꼬리를 흔들며 앞으로 달려나갔다가 자신의 영원한 맞수에게 물린 귀를 발로 연신 문지르면서 다시 뒷걸음질쳐 뛰어왔다.

이쏠은 이슬방울을 튕겨대는 키 큰 잔디밭으로 들어가 원추꽃을 손에 들고 미소 지으며 물흐르듯 걸어갔다. 줄기와 뒤얽힌 꽃들의 특이한 얼굴들을 찬찬히 들여다보면서 그녀는 거기서 사람의 특징들을 구별해냈다. 자세, 힘, 움직임, 성격, 그리고 시선들. 이제는 들쥐나 들다람쥐 또는 잠들어 있는 땅의 신을 〈푸-〉하는 소리로 깨우는 두더지의 거친 유쾌함도 그녀를 놀라게 하지 못할 것 같았다. 그때 문득 회색 두더지 한 마리가 그녀 앞, 오솔길 위에 나타났다.

"푹 푹."

두더지는 가슴에서 나오는 소리로 단절적인 말을 했다. 이쏠은 그녀가 눈을 맞추고 이해할 수 있는 사람하고만 이야기를 나누었다.

"안녕, 몸은 좀 어떠니?"

그녀는 애벌레가 구멍을 뚫어 놓은 보라색 붓꽃에게 말했다.

"넌 꼭 집에 얌전히 앉아 있어야 해."

이건 오솔길 한가운데 자리를 잡고 행인들의 옷을 쥐어뜯는 잡초에게 한 말이었다. 커다란 딱정벌레 한 마리가 방울꽃에

꼭 달라붙어 줄기를 구부러뜨리고 있었다.

"뚱뚱한 승객은 흔들어서 떨어뜨려 버려."

아쏠이 이렇게 말하자 딱정벌레는 참지 못하고 소리를 내며 날아올라 저쪽으로 사라져 버렸다. 이렇게 들뜬 마음으로, 빛을 내며 그녀는 잔디밭으로부터 숲속으로 몸을 감추었다가 자신의 진실한 벗들에 둘러싸여 있는 경사진 언덕으로 향했다. 친구들은 낮은 목소리로 이야기를 하고 있었고, 그녀는 그 이야기를 듣고 있었다.

인동덩굴과 개암나무 사이에 커다란 나무들이 서 있었다. 그 나무들의 높은 가지가 잡목들의 잎사귀에 맞닿았다. 조용히 늘어져 있는 개암나무 이파리에는 하얀 솔방울이 매달려 있었고, 그 향기는 이슬 냄새, 송진 냄새와 뒤섞여 있었다. 미끌미끌한 나무 뿌리로 끊어진 오솔길은 절벽으로 떨어졌다. 아쏠은 집에 있는 것 같은 편안함을 느꼈다. 나무들이 넓은 잎사귀를 흔들며 사람들이 하는 것처럼 인사를 나누었다. 그녀는 마음속으로 또는 소리내 속삭이며 걸었다.

"그래, 너는 바로 내 친구야. 내 친구들은 많아. 너희들은 내 형제들이기도 해! 나는 간다, 형제들아, 나는 지금 시간이 없어. 어서 나를 놔주렴. 나는 너희 모두를 알고 있고, 모두를 기억하고 존경해."

〈형제들〉은 그들이 할 수 있는 이상의 마음씀으로 잎으로는 그녀를 엄숙하게 쓰다듬어 주었고, 대답으로는 친근하게 삐걱이는 소리를 내주었다. 그녀는 땅에서 발을 곧추 세우고 바다 위로 솟아 있는 절벽 쪽으로 나왔다. 그리고는 절벽 끝에 서서 빠른 걸음으로 차오른 숨을 내쉬었다. 깊은, 거역할 수 없는 믿음이 끓어 올라 소리를 냈다. 그녀는 수평선 너머로 시선을 던졌다가 해변가 파도의 가벼운 철석거림에 자신이 던진 시선이 순결한 비행을 끝낸 것에 만족스러워하며 시선을 되돌렸다. 바다는 수평선을 따라 금색 실을 펼쳐 놓은 채 아직 잠들어 있었고, 단지 절벽 아래 해변의 구덩이 속 웅덩이에서만 김이 피어오르고 물이 넘치고 있었다. 해변가 태양의 금속성 빛이 푸른 검은색으로 변해 가고 있었다. 금빛 실타래 너머 하늘은 불타오르며 거대한 부채꼴로 빛나고 있었고, 하얀 구름은 살짝 홍조 띤 얼굴을 어루만지고 있었다. 멀리 검게만 보이던 바다 저 먼 곳은 이제 눈처럼 하얀 은백색으로 펼쳐졌다. 거품은 반짝였고, 금빛 실들 사이에서 불타오르는 폭발은 태양으로, 아쏠의 발 언저리로 붉은 잔물결을 뿌려댔다.

그녀는 다리를 모으고, 팔로 무릎을 감싼 채 자리를 잡고 앉았다. 바다 쪽으로 집중해 몸을 숙이고 이제 어른의 흔적이라고는 아무것도 남아 있지 않은 커다란 아기 같은 눈으로 수평선을 바라보았다. 그녀가 그토록 오랫동안 뜨겁게 기다려 왔던 그곳, 빛의 끝이 그곳에 있었다. 그녀는 먼 심해의 나라에 있는 물 속 언덕을 보았다. 그 언덕 표면으로부터 위로 식물들이 자라나 있었고, 그들의 둥그스름한 잎사귀들 사이에서 진기한 빛이 쏟아져 나오고 있었다. 위쪽의 잎들은 태양의 표면 위에서 반짝이고 있었고, 아쏠이 보고 있는 것에 대해 아무것도 알지 못하는 사람은 그저 흔들림과 반짝임밖에 보지 못했을 것이다.

숲속으로부터 배 한 척이 떠올랐다. 배는 잠시 떠다니더니

석양의 한가운데에 멈춰 섰다. 먼 곳이었는데도 배는 구름처럼 선명하게 보였다. 경쾌함을 뿌리며 그것은 포도주처럼, 장미처럼, 피처럼, 입술처럼, 붉은 벨벳처럼 그리고 대포의 불꽃처럼 타올랐다. 배는 똑바로 아쏠을 향해 오고 있었다. 포말의 날개는 배의 강한 중압감에 흔들렸다. 이제 자리에서 일어선 아쏠은 두 손을 가슴에 모았고, 환상적인 빛의 유희는 절정에 달했다. 태양이 떠올랐고, 아침의 환한 충만함은 아직도 졸린 대지 위에 늘어져 있는 장막을 벗겨 냈다.

아쏠은 한숨을 내쉬며 주위를 둘러보았다. 음악 소리는 잦아들었지만 아직도 울려퍼지고 있는 합창음은 여전히 귓가에 들려왔다. 이 느낌은 점점 약해져 추억이 되었고, 마침내는 그저 피곤함이 되었다. 그녀는 풀밭에 누워 하품을 하고는 눈을 꼭 감고 잠이 들었다.

그녀를 깨운 것은 그녀의 맨발 주위를 맴돌던 파리였다. 귀찮은 듯 발을 내젓다 그녀는 잠에서 깨어났고, 일어나 앉아 헝클어진 머리를 매만졌다. 그레이의 반지가 느껴졌지만 그녀는 그것이 손가락 사이에 낀 풀줄기쯤일 거라고 생각하고 손가락을 흔들었다. 그러나 손가락을 흔들어도 걸리적거림이 사라지지 않자 그녀는 눈앞에 손을 갖다대 보았고, 그리고는 솟아오르는 분수의 물줄기처럼 자리에서 벌떡 일어섰다.

아쏠의 손가락에는 마치 낯선 사람의 손가락에서처럼 그레이의 찬란한 반지가 빛을 발하고 있었다. 그 순간 그녀는 손가락이 자신의 것이라고 인정할 수 없었고, 자기 손가락의 느낌을 느낄 수 없었다.

"이게 뭐지? 누구의 것일까?"

그녀는 크게 소리쳤다.

"설마 내가 꿈을 꾸는 건 아니겠지? 어쩌면 내가 어디선가 찾아 놓고 잊어버린 건지도 몰라."

왼손으로 반지가 끼여져 있는 오른손을 잡고 그녀는 당혹스러움에 바다와 녹색 숲으로 시선을 두려 애쓰며 주위를 살펴 보았지만, 아무도 움직이지 않았고, 누가 덤불 속에 숨어 있지도 않았다. 멀리 석양이 비친 푸른 바다에는 그 어떤 흔적도 남아 있지 않았다. 태양은 아쏠을 덮었고, 마음의 목소리는 〈그래〉라고 말하고 있었다. 일어난 일에 대한 아무런 설명도 없었지만, 말 없이 생각도 없이 그녀는 자신의 이상한 느낌 속에서 답을 발견했고, 반지가 이미 자신에게 친근한 것으로 느껴졌다. 온몸을 떨며 그녀는 반지를 손가락에서 벗겨 냈다. 그리고는 반지를 마치 물이라도 되는 것처럼 손을 동그랗게 모아 소중히 들고는, 모든 영혼과 모든 가슴과 모든 기쁨과 어릴 적부터 알고 있었던 미신까지 총동원해 자세히 살펴 보았다. 그리고는 허리 부분에 달린 주머니에 반지를 감추고, 아쏠은 손바닥으로 얼굴을 툭 한 번 치고는 참을 수 없는 웃음을 터뜨리며 머리를 숙인 채 천천히 왔던 길을 되돌아갔다.

이렇게, 읽고 쓸 줄 아는 보통의 사람들이 흔히 말하듯 우연히 그레이와 아쏠은 피할 수 없는 어느 여름날 아침 마침내 서로서로를 찾아냈던 것이다.

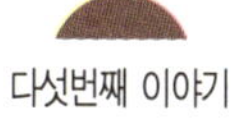

만남을 준비하다

만남을 준비하다

〈씨크리트〉의 갑판 위로 올라선 그레이는 극도로 혼란스러울 때 늘 하는 버릇대로 손으로 이마를 쓰다듬으며 몇 분 동안 움직임 없이 서 있었다. 느낌의 구름 같은 움직임, 산만함은 그의 얼굴에 나타난 몽유병자 같은, 느낌 없는 미소 속에 드러나 보였다. 이때 그의 조수 빤쩬은 튀긴 생선을 들고 후갑판을 따라 지나가다 그레이를 발견하고는 선장의 심상찮은 상태를 눈치챘다.

"선장님, 혹시 어디 다치기라도 하셨나요?" 그가 조심스레 물었다.

"어디 가셨습니까? 무얼 보셨나요? 물론 선장님 일이긴 하지만요. 중개인이 프리미엄이 얹힌 유리한 화물수송을 제안했는데, 그런데 선장님, 무슨 일이 있는 겁니까?"

"고맙소."

그레이는 마치 결박에서 풀려난 것처럼 한숨을 내쉬며 말했다.

"바로 당신의 순박하고 총명한 목소리가 듣고 싶었소. 그것은 마치 차가운 물 같지요…… 빤쩬, 사람들에게 알리게나, 우리는 오늘 닻을 올리고 여기서 10마일쯤 떨어진 릴리아나 하구로 옮길 걸세. 그곳은 얕은 여울이 많아 흐름이 잘 끊어지는 곳이지. 하구로 들어가는 것은 바다 쪽에서만 가능하고. 지도가 있는 곳으로 오게. 아직 수로 안내인은 부르지 말고. 이게 전부라네……. 그리고 참, 유리한 화물수송은 작년에 내린 눈만큼이나 필요하다네. 중개인에게 전해 줄 수 있겠지. 나는 도시로 나가겠네. 그곳에서 저녁까지 머무를 걸세."

"도대체 무슨 일이 일어난 겁니까?"

"간단히 말하겠는데, 아무 일도 아닐세, 빤쩬. 나는 자네의 모든 질문을 피하고 싶다네, 이해해 주게. 때가 되면 무슨 일인지 알려 주겠네. 선원들에게는 수리를 해야 하는데 지역 수리소가 바쁘다고 이야기하게."

"좋습니다."

빤쩬은 떠나는 그레이의 등에 대고 의미없이 말했다.

"말씀하신 대로 하겠습니다."

선장의 지시가 충분히 납득할 만한 것이었음에도 조수는 불안하게 접시를 흔들며 선실로 들어가서는 혼잣말처럼 중얼거렸다.

"빤쩬, 너는 곤란하게 됐어. 선장이 혹시 밀수라도 하려는 게 아닐까? 아니면 우리가 혹시 해적의 검은 깃발 아래로 들어가게 되는 건 아닐까?"

그러나 여기서 빤쩬은 최악의 경우만을 상상한 것이었다. 그가 신경질적으로 생선을 먹어 치우고 있는 동안 그레이는 선실로 내려와 돈을 가지고 만을 건너 리쓰의 상가로 향했다.

이제 그는 낯선 길에 있는 모든 사소한 부분까지 상세히 알고 있어 단호하고 조용히 행동했다. 모든 움직임(생각과 행동)이 예술 작업을 할 때의 섬세한 만족감으로 그의 마음을 따뜻하게 했다. 그의 계획은 순식간에 명료하게 세워졌다. 삶에 대한 그의 견해는 일격이 가해진 후에야 대리석이 자신의 아름다운 반짝임 속에 편안할 수 있는 돌도끼의 그 마지막 기습과도 같다는 것이었다.

그레이는 상상 속에서 이미 필요한 빛깔과 특징을 보았기 때문에 선택의 정확성에 특별한 의미를 부여하며 세 개의 가게에 들렀다. 먼저 들른 두 개의 가게에서는 단순한 허영심을 만족시켜줄 만한 저자거리의 싸구려 실크를 그에게 보여주었고, 세 번째 가게에서 그는 복잡한 효과를 창출해 내는 샘플들을 찾아냈다. 가게 주인은 진열되어 있는 물건들을 펼쳐 보이며 즐겁게 수선을 떨었지만 그레이는 해부학자처럼 진지했다. 그는 참을성 있게 옷감 꾸러미를 골랐다. 펼쳐 보고, 움직여 보고, 뒤집어 보고, 햇빛에 비추어 무수한 붉은 띠들을 바라보았다. 그 붉은 실크에 비친 진열대는 불타는 듯했다. 그레이의 장화 코끝에는 선홍색 파도가 누워 있었고, 그의 손과 얼굴은 장미빛 반사광으로 빛났다. 여러 가지 실크들을 놓고 그는 빛깔을 가려내기 시작했다. 붉은색, 창백한 장미빛, 흑장미빛, 짙은 산딸기색, 오렌지색 그리고 탁하고 검붉은 톤. 여기에는 모든 힘과 각각의 의미들을 가진 특징이 있었고, 〈매력적으로〉, 〈아름답게〉, 〈대단하게〉, 〈완벽하게〉와 같은 단어들에서처럼 같은 부류 속에서도 차이점을 가지고 있었다. 옷감들 속에는 시력의 언어로는 알아낼 수 없는 특징들이 녹아 있었지만 진정한 붉은 빛은 오랫동안 선장의 눈에 띄지 않았다. 상인이 꺼내 보인 것들은 괜찮긴 했지만 분명하고 확실하게 〈그래, 이거야〉라는 대답을 불러내지는 못했다. 마침내 한 가지의 빛깔이 구매자의 눈길을 끌었다. 그는 창문 쪽 안락의자에 앉아 사각거리는 소리를 내는 실크의 긴 끝을 잡아당겨 그것을 무릎 위로 던졌고, 입에는 파이프를 문 채 실크를 빛에 비추어 보며 움직임 없이 생각에 잠겨 있었다.

　이것은 마치 아침의 붉은 석양빛처럼 완벽하게 깨끗했다. 성스러운 유쾌함과 권위로 가득 찬 빛깔은 그레이가 찾고 있던 바로 그것이었다. 그 속에는 불꽃의 음영이나 양귀비 꽃잎 같은 불그스레함, 보라색과 연보랏빛이 섞인 장난기도 없었으며

또한 푸르스름하다거나 검은 빛도 전혀 섞여 있지 않았다. 의심을 불러일으킬 만한 것은 아무것도 없었다. 그것은 마치 미소처럼 매력적인 영혼이 비쳐 붉어진 것 같았다. 그레이는 너무나 몰두한 나머지 차렷 자세로 사냥개 같은 긴장감을 가지고 자신의 등뒤에서 기다리고 서 있는 주인의 존재에 대해 잊어버렸다. 기다림에 지친 주인은 천 조각을 찢는 소리로 자신의 존재를 상기시켰다.

"이게 좋군요."

그레이가 일어서며 말했다.

"이 실크를 사겠습니다."

"전부 다요?"

정중하면서도 의심스럽다는 듯 상인이 물었다. 그러나 그레이는 무엇 때문에 상점 주인이 무례하게 굴까 생각하면서 침묵한 채 그의 이마를 바라보았다.

"그러시다면 몇 미터나 사시겠습니까?"

그레이는 시간을 벌기 위해 머리를 끄덕이며 종이 위에 연필로 필요한 양을 계산해 보았다.

"2천 미터요."

그레이는 그만한 양이 있을까 의심스러워하며 선반을 살펴보았다.

"그래요, 2천 미터는 있어야겠군요."

"이?"

주인은 용수철처럼 튀어오르며 말을 더듬었다.

"천? 미터?……. 여기 좀 앉으시죠, 선장님. 새 물건들의 샘

플을 좀더 보시겠습니까? 어떻게 하시는 게 더 편하시겠습까. 여기 성냥과 좋은 담배가 있습니다. 태우시죠. 2천…… 2천 미터면…….”

주인은 단순한 〈예〉라는 말이 맹세라고 부풀려지는 것처럼 실제 가치보다 부풀려진 가격을 이야기했지만, 그레이는 만족스런 상태였으므로 흥정을 하고 싶지 않았다.

“놀랄 만한, 가장 훌륭한 실크지요.”

상점 주인은 계속했다.

“이 물건은 다른 것과 비교할 수 없습니다. 저희 가게에만 있는 물건이지요.”

상점 주인이 마침내 환희에 차 올랐을 때, 그레이는 그와 배달에 대한 약속을 하고 계산서를 받고는 주인으로부터 중국 황제 대접을 받으며 돈을 지불하고 나왔다. 가게가 있던 곳에서 길을 건넌 곳에는 첼로를 든 떠돌이 연주가가 그의 조용한 활에게 우울하면서도 아름답게 말할 것을 강요하고 있었다. 그의 동료인 플루트 연주자는 목에서 나오는 휘파람 소리 같은 노래를 뿌려대고 있었다. 그들이 마당의 열기 속에 널리 알린 평범한 노랫가락은 그레이의 귀에까지 와닿았고, 그 순간 그는 계속해서 다음 일을 해야 한다는 사실을 깨달았다. 사실 이 모든 시간 동안 그는 영혼의 가장 행복한 높이에 있었고, 그 높이에서는 현실의 모든 암시와 예시들을 분명하게 감지할 수 있었다. 화물이 운반되는 귀를 멀게 할 듯한 소리를 들으며 그는 그가 계획한 일들이 왜 이렇게 잘 풀리는지를 느끼며 이 음악이 그에게 불러일으키는 느낌의 중심으로 빠져들어갔다. 골목을 지나

그레이는 음악회가 열리고 있는 집 대문 안으로 들어섰다. 그때는 연주가들이 떠날 채비를 하고 있었고, 피로에 지친 듯한 키 큰 연주가는 동전이 날아왔던 창문들 쪽으로 모자를 흔들어 보이고 있었다. 첼로는 이미 자기 주인의 겨드랑이 밑으로 돌아갔고, 이마에 맺힌 땀을 닦으며 플루트 연주가가 동료를 기다리고 있었다.

"그래, 바로 자네였구만, 찜메르!"

그레이는 저녁마다 자신의 훌륭한 연주로 뱃사람들과 〈돈은 술통 속으로〉라는 선술집의 손님들을 즐겁게 해주었던 바이올린 연주자를 알아보고 이렇게 말했다.

"어떻게 자네가 바이올린을 배신할 수 있나?"

"존경하는 선장님."

찜메르는 만족스런 얼굴로 말했다.

"저는 소리가 나고 켤 수 있는 모든 악기를 연주합니다. 젊은 시절에는 음악을 연주하는 어릿광대였지요. 지금은 예술에 끌려 특별한 재능을 망쳐 버린 걸 가슴 아프게 생각하기도 하구요. 그래서 저는 늦은 욕심에 곧 비올라와 바이올린 모두를 좋아하게 됐지요. 낮에는 첼로 연주를 하고 저녁에는 바이올린을 켜죠. 그러니까 망쳐 버린 재능에 대해 울고 흐느끼는 것처럼 말이죠. 술 한잔 안하시겠습니까? 첼로는 제 카르멘이죠, 그리고 바이올린은……."

"아쏠."

그레이가 말했다.

찜메르는 듣지 못했다.

"그래요."

그는 소리쳤다.

"타악기나 금관악기의 쏠로는 다른 문제죠. 그런데 제게 무슨 볼일이라도? 예술한답시는 광대들, 인상을 쓸 테면 쓰라죠. 얼굴을 찌푸리라고 하세요. 저는 바이올린과 첼로의 선율 속에서는 언제나 요정들이 휴식을 취한다는 걸 알고 있지요."

"그러면 나의 〈뚜르-룰루-루〉 속에는 무엇이 숨어 있는 거지?"

몽롱한 푸른 눈과 곱슬곱슬한 흰 턱수염의 키 큰 장정, 플루트 연주가가 다가오며 물었다.

"자, 말해 봐."

"그건 네가 아침부터 얼마나 마셨는지에 따라 다르지. 가끔은 새가 숨어 있고, 가끔은 술김이 있지. 선장님, 이 사람은 내 동료인 두쏩니다. 제가 이 친구에게 선장님은 술을 마실 때 금을 물쓰듯 써버린다고 얘기했더니 이 친구는 선장님을 보지도 않고 반해 버렸죠."

"그렇습니다."

두쓰가 말했다.

"저는 제스츄어와 인심이 후한 걸 좋아합니다. 하지만 저는 교활한 인간이니 믿지 마십시오."

"무슨 일이냐면."

그레이가 웃으며 말했다.

"나는 지금 시간이 없고 일은 급하다네. 나는 자네들에게 좋은 돈벌이를 제안하려는 거야. 오케스트라를 모으게. 하지만 군악대의 죽은 사람 같은 얼굴이나 또는 더 심하게, 음악의 영혼에 대해서는 잊어버린 채 조용히 자기 생각에 잠겨 소음이나 죽이고 있는 그런 사람들은 안 된다네. 부엌데기나 심부름하는 아이들의 순박한 가슴을 울릴 수 있는, 자네들 같은 떠돌이 악사들을 모아 오게. 바다와 사랑은 현학자 같은 인간들을 참지 못하거든. 나는 지금 자네들과 같이 앉아서 기꺼이 술 한 병, 아니 한 병이 아니라 잔뜩 마시고 싶지만, 난 지금 가야 한다네. 일이 많거든. 이걸 가지고 가서 알파벳 A를 위해 술을 마시게. 그리고 만약 내 제안이 마음에 든다면 저녁에 〈씨크리트〉로 나를 찾아오게. 배는 제방에서 멀지 않은 곳에 있다네.”

“좋습니다.”

찜메르는 그레이가 돈을 황제처럼 후하게 지불한다는 사실을 알고 소리쳤다.

“두쓰, 〈예〉라고 말하고 기쁘게 모자를 흔들어! 그레이 선장님이 결혼하고 싶어하신다!”

“그렇다네.”

그레이는 간단하게 말했다.

“모든 자세한 얘기는 내가 〈씨크리트〉에서 알려 주겠네. 자네들은 지금…….”

“알파벳 A를 위하여!”

두쓰는 팔꿈치로 찜메르를 툭 치고는 그레이에게 눈을 찡긋해보였다.

“하지만……. 알파벳에는 문자들이 훨씬 더 많은데! F를 위해서도 조금 더……”

그레이는 돈을 조금 더 주었다. 연주가들이 사라졌다. 그러자 그는 선박 사무소에 들러 엄청난 돈을 주고 비밀 주문을 했고, 6일 안에 빨리 일을 마쳐달라고 부탁했다. 그레이가 자신의 배로 돌아왔을 때, 사무소 직원은 벌써 증기선에 타고 있었다. 저녁 무렵 실크가 배달되었다. 그레이가 빌린 다섯 척의 돛단배가 선원들을 태우고 자리를 잡았다. 레찌까는 아직 돌아오지 않았고, 연주가들도 오지 않았다. 그들을 기다리며 그레이는 빤젠과 이야기를 나누러 갔다.

그레이는 벌써 몇 년째 이 선원들과 함께 항해하고 있다는 사실을 말해 둘 필요가 있겠다. 처음에는 선장이 갑작스런 출항과 정박의 변덕으로 선원들을 놀라게 했었다. 가끔씩은 매달 가장 상거래가 없고, 사람이 없는 곳으로 항해하기도 했지만, 그들은 점차 그레이의 기괴함에 익숙해졌다. 그는 종종 그에게 제안되는 유리한 화물 수송을 짐이 마음에 들지 않는다는 이유만으로 거절한 채, 모래 푸대만 싣고 항해하기도 했다. 그 누구도 비누, 못, 기계의 일부처럼 지루한 생필품들, 생기 없는 인상을 불러일으키며 선창 밑 지하실에서 침묵하고 있는 물건들을 운반하자고 그를 설득할 수는 없었다. 그러나 그는 과일, 도자기, 동물, 향료, 차, 담배, 커피, 실크, 나무의 고급 품종, 백단 향료, 야자 같은 것들은 기꺼이 배에 실었다. 이것은 모두 그림 같은 분위기를 만들어내는 그의 상상력 풍부한 귀족주의의 산물이었다. 따라서 이런 식으로 독특한 감각을 지니도록 교육받은 〈씨크리트〉의 선원들이 평범한 헐값의 벌이를 하는 다른 모든 배들을 천하게 보는 것은 어쩌면 당연한 일이었다.

하지만 이번에는 그레이가 모든 일들에 대한 질문에 부딪쳐야
했다. 가장 둔감한 선원조차도 배에 수리할 곳이 없다는 것을
잘 알고 있었기 때문이었다.

빤쩬은 물론 그레이의 명령을 선원들에게 전했다. 그레이가
선실로 들어섰을 때, 그의 조수는 연기 때문에 몽롱해져 의자
에 부딪히면서 선실 안을 돌아다니며 여섯 번째 담배를 끝까지
피우고 있었다. 저녁이 되었다. 열린 선창을 통해 금빛 햇살이
반짝이고 있었고, 그 속에서 선장이 쓴 모자의 라커칠을 한 차
양이 빛을 냈다.

"모두 준비되었습니다."

빤쩬이 시무룩하게 말했다.

"원하신다면 닻을 올릴 수도 있습니다."

"자네는, 빤쩬, 나에 대해 좀더 잘 알아야겠네."

그레이가 부드럽게 말했다.

"내가 하는 일에 비밀은 없다네. 우리가 릴리아나 하구에 닻
을 내리는 순간 내가 모든 것을 얘기하겠네. 자네는 나쁜 담배
에 그렇게 많은 성냥을 낭비하지 마시게. 가서 닻을 내리게나."

빤쩬은 쑥스럽게 웃고는 눈썹을 쓰다듬었다.

"물론이지요."

그가 말했다.

"그리고 저는 괜찮습니다."

그가 나갔을 때 그레이는 잠깐 동안 움직임 없이 반쯤 열린
문을 바라보며 앉아 있었다. 그리고 다시 정신을 가다듬었다.
여기서 그는 커다란 쇠사슬을 끌며 덜커덕거리는 양묘기 소리

를 들으며 앉았다, 누웠다 하다가는 선수갑판으로 나갈 준비를
했다가, 또다시 생각에 잠겨 방수포에 손가락으로 곧은 선을
그으며 탁자 쪽으로 돌아왔다. 문을 주먹으로 두드리는 소리가
그를 광적인 상태에서 끌어내 주었다. 레찌까였다. 그는 레찌
까를 선실로 들어오게 하고는 열쇠를 돌려 문을 잠갔다. 예정
된 시각의 형벌에 맞춰 달려온 사람처럼 그는 힘들게 숨을 내
쉬며 멈춰 섰다.

　"〈레찌-까, 레찌까〉, 저는 스스로에게 말했습니다."

　그는 재빠르게 말을 시작했다.

　"제가 방파제에서 우리 동료들이 양묘기 주위에서 손바닥에
침을 뱉어 가며 춤추는 것을 보았을 때, 제 눈은 독수리처럼 빛
을 냈죠. 그래서 저는 날아왔습니다. 흥분해서 땀을 뻘뻘 흘리
면서요. 선장님, 선장님은 절 해변에 남겨 두려고 하셨던 건가
요?"

　"레찌까."

　그레이가 그의 붉은 눈동자를 바라보며 말했다.

　"나는 자넬 오전 내내 기다렸다네. 자네는 목덜미에 땀이 흐
르도록 노력했나?"

　"했어요. 할 수 있는 만큼 했어요. 전부 다 해왔어요."

　"말해 보게."

　"말할 필요는 없습니다, 선장님. 여기에 모두 써왔으니까요.
이걸 읽어 보세요. 저는 많이 노력했어요. 이제 저는 갑니다."

　"어디로?"

　"제가 보기에 선장님께서는 제가 목덜미에 땀이 흐르도록 노

력하지 않았다고 나무라시는 빛이 역력합니다."

그는 돌아서서 장님 같은 이상한 동작으로 밖으로 나갔다. 그레이는 종이를 펼쳤다. 레찌까가 이 글을 쓰고 있었을 때, 연필은 자신의 머리에서 흔들리는 울타리 같은 글씨가 나오는 걸 보고 분명히 크게 놀랐을 것이다. 이것은 레찌까가 쓴 것이었다.

〈5시 넘어 거리를 따라 걸었음. 회색 지붕에 옆으로 두 개의 창문이 나 있고, 그 안에는 채소밭이 있었다. 문제의 여자는 두 번 밖으로 나갔다. 물을 길으러 한 번, 난로에 넣을 장작을 가지러 한 번. 어두워지자 창문 쪽으로 시선을 두었지만 커튼에 가려 아무것도 보이지 않았음.〉

그 다음으로 레찌까가 가족에 대해 얻어 들은 사항이 이어졌다. 메모가 조금 갑작스럽게 끝난 것으로 보아 대화를 통해 알아낸 것이 분명했다.

〈수입의 측면에서 볼 때, 수입은 적다.〉

그러나 이 메모는 우리가 이미 알고 있는 것들에 대해서만 말해 주고 있다. 그레이는 종이 조각을 탁자 위에 놓고 초병을 휘파람으로 불러 빤쩬을 불러오라고 보냈지만 조수 대신 수부장 아뜨부드가 걷어올려진 옷소매를 잡아당기며 나타났다.

"우리는 제방 옆에 계류중입니다."

그가 말했다.

"빤쩬이 선장님께서 무엇을 원하시는지 알아오라고 절 보냈습니다. 그는 지금 바쁘거든요. 나팔과 북 그리고 또 바이올린 같은 것을 든 어떤 사람들이 그를 공격했어요. 선장님께서 그 사람들을 〈씨크리트〉로 불러들이셨나요? 빤쩬은 선장님께서 직접 와주셔야겠다고 부탁했어요. 지금 빤쩬의 머리 속에는 안개가 꽉 끼었다구요."

"알겠네, 아뜨부드."

그레이가 말했다.

"내가 악사들을 불렀다네. 가서 그 사람들에게 우선 수부실에 가 있으라고 하게. 조금 있으면 일이 어떻게 될 건지 알게 될 걸세. 아뜨부드, 선원들에게 내가 4시간 후 갑판으로 나갈 거라고 전해 주게. 다들 모이라고 하게나. 자네와 빤쩬도 물론이고."

아뜨부드는 마치 닭처럼 왼쪽 눈썹을 올려보고는 문 옆에 옆으로 서 있다가 나갔다. 10분 동안 그레이는 손으로 얼굴을 가리고 있었다. 그는 아무것도 준비하지 않고, 아무것도 생각하지 않은 채 잠시 동안 침묵을 지키고 싶었다. 그레이가 약속한 시간까지 모두가 조바심을 내며 온갖 추측에 가득 차 호기심 속에서 그를 기다렸다. 그는 갑판으로 나와 믿을 수 없는 일들에 대한 기대로 가득 찬 사람들의 얼굴을 보았고, 그 스스로가 하고 있는 일이 아무 문제 없이 자연스럽다고 생각하고 있었기 때문에 다른 사람들의 긴장이 그를 약간 화나게 했다.

"특별한 일은 아무것도 없습니다."

그레이는 선박 사다리에 걸터 앉으며 말했다.

"우리는 삭구 전체를 교환하는 동안 강 하구에 정박할 것입니다. 여러분들도 붉은 실크를 배달해 온 것을 보셨겠지만, 그것으로 돛을 만드는 기술자인 블랜트의 지도 아래 〈씨크리트〉

에 새 돛을 달 겁니다. 그 후에 우리는 출발합니다. 하지만 어디로 갈 건지는 말하지 않겠습니다. 이곳에서 멀지 않은 곳입니다. 나는 아내를 맞으러 갑니다. 그녀는 아직은 내 아내가 아니지만 곧 그렇게 될 겁니다. 제게는 멀리서도 그녀가 우리를 알아볼 수 있도록 하기 위해 붉은 돛이 필요합니다. 그게 전부예요. 보시다시피 여기에는 아무런 비밀도 없습니다. 그러니 이 문제에 대해서는 이제 그만 됐습니다.”

“그랬군요.”

아뜨부드는 선원들의 미소 짓는 얼굴을 바라보며 말했고, 그들은 유쾌한 기분이 되어 무슨 말을 해야 할지 몰라하고 있었다.

“일이 그렇게 된 거군요, 선장님……. 물론 저희가 뭐라고 말할 문제는 아니죠. 원하시는 대로 될 겁니다. 선장님께 축하드립니다.”

“고맙네!”

그레이는 수부장의 손을 꼭 쥐었다. 그러나 수부장이 믿을 수 없을 만큼 억센 힘으로 선장의 손을 잡아 답하는 바람에 선장은 뒤로 한 걸음 물러서야 했다. 그리고 모든 사람들이 교대로 그에게 다가와 따뜻한 시선을 나누고 축하의 말을 건넸다. 누구도 큰소리를 지르지 않았고, 소란을 떨지도 않았다. 무언가 그리 단순하지만은 않은 그 무엇을 선원들은 선장의 몇 마디 말 속에서 느끼고 있었던 것이다. 빤쩬은 가벼운 마음으로 깊은 숨을 내쉬었고, 기분도 유쾌해진 것 같았다. 그가 지고 있었던 마음의 짐은 사라졌다. 배의 목수 한 사람만이 무언가 못마땅해 하고 있었다. 생기 없이 그레이의 손을 잡은 그는 시무룩하게 물었다.

"어떻게 이런 생각을 하게 되셨나요, 선장님?"

"마치 자네 도끼의 일격 같은 거지."

그레이가 말했다.

"찜메르! 자네 친구들의 실력을 보여주게."

바이올린 연주자는 악사들의 등을 두드리며 지저분한 옷차림을 한 7명을 앞으로 떠밀었다.

"여기요."

찜메르가 말했다.

"이게 트럼본이죠, 연주를 하는 게 아니라 마치 대포처럼 불태웁니다. 그리고 여기 콧수염 없는 두 명의 젊은이가 금관악기를 연주하는데 바로 지금 전쟁터에 나가 싸우고 싶은 듯이 연주를 하지요. 그리고 클라리넷, 호른, 제2 바이올린. 이 사람들 모두 큰 상, 그러니까 나를 감동시킨 대단한 장인들이죠. 그리고 여기, 우리들의 멋있는 작품의 주인공 북 치는 프리츠. 아시겠지만 보통 북 치는 사람들은 매력 없는 외모를 하고 있죠. 하지만 이 사람은 매력적으로 북을 친답니다. 그의 연주에는 마치 그의 북채처럼 무언가 열려 있고 곧은 것이 있어요. 이제 모두 준비된 거죠. 그렇죠, 그레이?"

"놀랍구만."

그레이가 말했다.

"당신들 모두에게 수부실에 자리를 내주겠소. 그러니까 이번에는 수부실이 다양한 〈스케르초〉와 〈아다지오〉 그리고 〈포르티

시모)로 꽉 차겠구만. 자, 해산하세요. 빤젠, 계류삭(繫留索)을 벗겨 내게. 내가 두 시간 후에 교대하겠네."

이 두 시간 동안 그는 마치 맥박이 동맥을 가만히 내버려두지 않는 것처럼 그들 모두가 그의 의식을 가만히 내버려 두지 않는 내부의 어떤 음악 속에 움직이는 것을 감지하지 못했다. 그는 하나만을 생각했고, 하나만을 원했으며, 오직 하나만을 상상했다. 생각하기보다는 행동하는 사람인 그는, 그들이 결코 서양바둑처럼 간단하고 빠르게 움직여서는 안된다는 사실에 대해 안타까워하면서 일의 순서를 머리 속으로 점검해보았다. 그의 평온한 겉모습은 그 무엇도 긴장감을 나타내지 않았지만, 머리 위에서 울리는 거대한 종의 둔탁한 울림 같은 감정의 울림은 그의 존재 속에서 귀를 멀게 할 듯한 신경질적인 신음소리를 내고 있었다. 이것은 마침내 그가 머리 속으로 숫자를 세게 만들었다.

"하나 둘……, 서른……."

이렇게 그는 〈천〉까지 셌고, 이 훈련은 효과가 있었다. 그는 마침내 여러 측면에서 모든 계획을 찬찬히 살펴 볼 수 있었다. 그런데 여기서 그를 어느 정도 놀라게 한 것은 그가 아쏠의 내면 세계를 전혀 알지 못한다는 것이었고, 심지어 그가 그녀와 한 번도 이야기를 나누어 본 적이 없다는 사실이었다. 그는 어딘가에서 만약 어떤 사람을 상상할 때 그의 얼굴 표정을 따라 할 수 있다면 희미하게나마 그 사람을 이해할 수 있다는 글을 읽은 적이 있었다. 그 생각이 떠오르자 그레이의 눈은 그의 것이 아닌, 이상한 표정을 띠기 시작했고, 콧수염 밑의 입술은 연약하고 온화한 미소를 띠기 시작했다. 하지만 그레이는 곧 정신을 가다듬고 큰소리로 한번 껄껄 웃고는 빤쩬과 교대하기 위해 밖으로 나갔다.

"왼쪽으로 4방위, 왼쪽으로, 스톱, 4방위 더."

어둠 속에 빤쩬은 외투 깃을 세우고 조타수에게 이렇게 외치며 나침반 옆을 걷고 있었다. 〈씨크리트〉는 순풍 아래 돛을 반쪽만 올린 채 항해하고 있었다.

"아십니까."

빤쩬이 그레이에게 말했다.

"저는 만족스럽습니다."

"뭐가?"

"선장님이 만족스러워하는 것과 같지요. 저는 모두 다 이해했습니다. 바로 저기, 선박 사다리에서요."

그는 미소 속에서 파이프의 불빛을 반짝이며 짓궂게 눈을 찡긋해 보였다.

"그러면."

무슨 말인지를 알아 챈 그레이가 말했다.

"자네는 거기서 무엇을 이해했나?"

"밀수를 할 수 있는 훌륭한 방법이죠."

빤쩬이 속삭였다.

"모든 사람들이 원하는 돛을 달 수 있죠. 선장님은 정말 머리가 좋아요, 그레이!"

"가엾은 빤쩬!"

선장은 화를 내야 할지 웃어야 할지 모른 채 안타깝다는 듯 말했다.

"자네의 추측은 예리하지만 잘못 짚었네. 가서 주무시게. 자네가 실수하고 있다는 걸 장담할 수 있네. 나는 말한 대로 할 걸세."

그레이는 그를 들여 보냈고, 고도를 확인하고 자리에 앉았다. 이제 그는 혼자만의 시간을 가질 필요가 있으니 그를 홀로 내버려 두도록 하자.

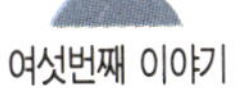

아쏠은 홀로 남는다

아쏠은 홀로 남는다

롱그렌은 바다에서 밤을 보냈다. 그는 잠을 자지도, 고기를 잡지도 않았고, 바닷물의 철썩임에 귀를 귀울인 채, 어둠 속을 응시하면서 바람을 쐬고 생각에 잠겨 정해진 방향도 없이 돛대 아래 흘러가고 있었다. 삶의 힘든 순간에 그 무엇도 이 외로운 항해처럼 그의 영혼에 힘을 북돋아 준 것은 없었다. 고요함, 단지 고요함과 외로움만이 그의 내부에서 가장 약하고 혼란스러워진 목소리들이 이해할 수 있는 언어로 이야기하며 스스로를 추스리는데 도움을 주는 것이었다. 이 밤, 그는 미래와 가난과 아쏠에 대해 생각했다. 그에게는 설사 잠시 동안이라고 하더라도 아쏠을 떠나는 것은 어려운 일이었다. 그 외에도 그는 잦아든 고통이 다시 되살아날까 두려웠다. 어쩌면 다시 뱃

일을 시작한 그가 다시금 그에게 까뻬르나가 안겨주었던 슬픈
고통을 맛보게 될 지도 모르는 일이었다. 영원히 죽지 않고 그
를 기다리고 있을 거라 기대했던 친구가 사라져 버린 슬픔을
말이다. 메리는 이제 다시는 집 밖으로 나오지 않을 것이다. 하
지만 그는 아쏠이 있는 그대로 남아 있기를 원했고, 따라서 그
녀를 보살필 수 있는 일을 하기로 결정했다.

롱그렌이 집으로 돌아왔을 때, 아쏠은 집에 없었다. 그녀의
이른 산책은 아버지를 당황하게 만들지는 않았지만, 이번에는
그의 기다림에 가벼운 긴장감이 맴돌고 있었다. 방 이쪽저쪽을
오가다 그는 문득 아쏠을 발견했다. 그녀는 빠른 몸놀림으로 소
리없이 들어와 그의 걱정스런 시선에 조금 놀라며 아무 말 없이
그 앞에 멈춰 섰다. 마치 그녀의 두 번째 얼굴, 진실한 얼굴이
열린 것 같았다. 그녀는 롱그렌의 얼굴을 이해할 수 없는 시선
으로 바라보며 말없이 서 있었고, 그래서 그는 재빨리 물었다.

"너, 어디 아프니?"

그녀는 곧바로 대답하지 않았다. 마침내 질문의 의미가 그녀

의 영혼의 귓가에 닿았을 때, 아쏠은 마치 손으로 건드린 나뭇
가지처럼 흠칫하며 성스러움이 담긴 길고 잔잔한 웃음을 지었
다. 그녀는 무엇이든 이야기해야 했지만, 언제나처럼 생각하지
도 않고 그냥 이렇게 말했다.

"아니요, 전 건강해요……. 아빠는 왜 절 그렇게 쳐다보세
요? 저는 기분이 좋아요. 진짜로 기분이 좋아요. 하지만 이건
그냥 날씨가 이렇게 좋기 때문이에요. 그런데 아빠, 무슨 나쁜
생각을 하셨나요? 난 아빠의 얼굴을 보면 아빠가 무슨 생각을
했는지 알 수 있어요."

"내가 무슨 생각인들 안해 봤겠니?"

롱그렌은 아쏠을 무릎에 앉히며 말했다.

"니가 무슨 일인지 이해할 거라는 걸 알고 있다. 아무것도
먹고 살 것이 없잖니. 나는 멀리 항해하는 배는 타지 않을 게
다. 그대신 까쎄뜨와 리쓰 사이를 반복 운항하는 우편물 수송
선을 탈 거야."

"예."

아빠의 보살핌을 받아들이려 애쓰면서 하지만 기쁨을 감추지
못한 채 그녀는 작은 목소리로 말했다.

"이건 정말 나쁜 소식이군요. 저는 심심할 거예요. 일찍 돌
아오셔야 해요."

이렇게 말하면서도 그녀는 참을 수 없는 미소로 꽃피어 올랐
다.

"그래, 빨리 돌아오마. 사랑스런 아가야."

"아쏠!"

롱그렌은 손바닥으로 그녀의 얼굴을 잡아 자기쪽으로 돌리며
말했다.

"무슨 일이 있었는지 자세히 말해 주지 않으련?"

아쏠은 아빠의 불안을 떨쳐 주어야 한다고 느꼈고, 진지하고
세심한 표정을 지어 보였지만 그녀의 눈 속에서만은 아직도 새
로운 삶에 대한 기대가 반짝이고 있었다.

"아빠는 참 이상해요."

그녀가 말했다.

"정말 아무 일도 없었어요. 저는 호두를 주우러 갔었는 걸요."

롱그렌은 그 말을 전적으로 믿지는 않았지만, 자신의 생각만
으로도 벅찬 상태였다. 그들의 대화는 일에 관한 상세한 것들
로 넘어갔다. 롱그렌은 딸에게 짐을 꾸리라고 이야기했고, 꼭
필요한 물건들을 열거했으며 몇 가지 충고도 해주었다.

"나는 열흘쯤 후에 돌아올 거야. 그러니 너는 내 총을 가지
고 집에 있거라. 만약 누가 널 괴롭히려 하거든 '롱그렌이 곧
온다'고 얘기해 줘. 나에 대해서는 생각도, 걱정도 하지 말고.
나쁜 일은 일어나지 않을 테니까."

그 후 그는 식사를 하고, 아쏠과 입맞춤을 나눈 후 어깨에
자루를 짊어지고는 시내로 향한 길로 나왔다. 아쏠은 그가 모
퉁이를 돌아 보이지 않게 될 때까지 그의 뒷모습을 바라보고
있다가 집으로 되돌아왔다. 적지 않은 집안 일이 남아 있었지
만 그녀는 그것에 대해 잊어버렸다. 약간의 경이로움이 섞인
흥미를 가지고 그녀는 어릴 적부터 자신의 의식 속에 스며들어
있었던 자기 집을 마치 낯선 사람이 하듯 둘러보았고, 그러자

150

집은 마치 다른 삶을 살다 몇 년이 지난 후 찾아온 고향집처럼
느껴졌다. 자신의 둥지에서 보이는 무언가 낡고 아름답지 않은
것들이 그녀에게 갑자기 낯설게 느껴졌다. 그녀는 롱그렌이 장
난감을 만들었던, 키를 선미에 붙이려고 애썼던 바로 그 탁자
에 앉아 그 물건들을 바라보다가 자신도 모르게 커다란 배를,
실물의 배를 눈앞에서 보았다. 그러자 아침에 일어났던 모든
일이 그녀 속에서 전율을 일으키며 펼쳐졌고, 태양만한 크기의
금반지는 바다를 건너 그녀의 발 아래로 떨어졌다.

그녀는 자리에 앉아 있지 못하고, 집에서 나와 리쓰로 향했
다. 그녀는 그곳에서 아무런 할 일도 없었고, 그녀 자신도 왜
거기로 가는지 몰랐지만 가지 않을 수 없었다. 길에서 그녀는
길을 묻는 행인을 만나 필요한 방향을 자세히 설명해 주었지만
바로 다음 순간, 그 사실에 대해 잊어버렸다.

그녀는 먼 길을 가는 동안 내내 마치 그녀가 가진 주변에 대
한 모든 부드러운 관심을 삼켜 버린 새 한 마리를 운반하고 있
는 것처럼 눈에 띄지 않게 걸었다. 도시 근처에서 그녀는 도시
의 커다란 몸뚱이에서 날아오는 소음에 약간 정신을 팔았지만,
그것은 그녀가 놀라 자신의 일을 잊어버린 채 말없는 겁쟁이가
되었던 옛날처럼 그녀 위에 절대적으로 군림하지는 못했다. 그
녀는 그 소음에 저항했다. 그녀는 나무의 푸른 그림자가 교차하
는 원형 도로를 천천히 걸었고, 지나는 행인들의 얼굴을 부드럽
게 바라보며 균형 잡힌 걸음걸이로 당당하게 걸었다. 관찰력이
뛰어난 사람들은 한 나절 동안 여러 번 요란한 군중들 사이에서
깊은 생각에 잠겨 돌아다니는 이상한 아가씨를 발견했을 것이

다. 광장에서 그녀는 분수대의 물줄기로 손을 뻗어 손가락 사이로 톡톡 튀는 물줄기를 가른 다음 잠깐 앉아 휴식을 취하고 숲길로 되돌아왔다. 그녀는 돌아오는 길에 낮시간의 알록달록한 거울 같은 흐름을 마침내 잔잔한 빛의 그림자로 바꾸어버린 저녁 시냇물처럼 평온하고 깨끗한 기분과 산뜻한 마음을 느꼈다. 마을에 가까워지면서 그녀는 바구니에서 꽃이 피었던 바로 그 숯장사를 만났다. 그는 그을음과 진흙으로 덮인 두 명의 낯설고 칙칙한 사람들과 함께 손수레 옆에 서 있었다. 아쏠은 기뻤다.

"안녕하세요, 필립."

그녀가 말했다.

"여기서 뭐하세요?"

"아무것도 아니야. 바퀴가 빠져서 그걸 바로잡고 있었어. 그리고 지금은 내 친구들하고 그저 지껄이고 있는 거지 뭐. 너는 어디서 오는 길이냐?"

아쏠은 대답하지 않았다.

"저기, 있잖아요, 필립."

그녀가 이야기를 시작했다.

"나는 아저씨를 많이 사랑하니까 아저씨한테만 얘기해 줄게요. 나는 곧 떠나요. 아마 영원히 떠나게 될 거예요. 아저씨, 아무한테도 얘기하면 안 돼요."

"니가 떠나고 싶어하는 거니? 도대체 어디로 갈 건데?"

숯장사는 입을 벌린 채, 의문에 가득 차 놀란 표정을 지어보였다. 그러자 그의 턱수염이 더 길어 보였다.

"몰라요."

그녀는 수레가 서 있는 들판을 천천히 살펴 보았다. 장미꽃 빛깔 같은 저녁빛 속에서 말없이 서 있는 검은 숯장사들을 바라본 그녀는 잠시 생각에 잠겨 있다 이렇게 덧붙였다.

"전 아직 아무것도 몰라요. 저는 날짜도, 시각도, 그리고 심지어 어디로 가는지도 몰라요. 그리고 더 이상은 얘기 안해 줄래요. 그러니까 만일의 경우에 대비해서, 안녕히 계세요. 아저씨는 절 자주 태워 주셨잖아요."

그녀는 커다란 검은 손을 잡아 떨리는 느낌을 전해 주었다. 숯장사의 얼굴에는 잔잔한 미소가 번졌다. 아쏠은 머리를 숙이고는 뒤돌아 가버렸다. 그녀가 너무나 빨리 사라져 버려 필립과 그의 친구들은 고개를 돌리지도 못했다.

"참 예쁘지."

숯장사가 말했다.

"나는 저 애를 이해해. 오늘 저 애한테 무슨 일이 있는 것 같아…… ."

"그렇군."

두 번째 숯장사가 말했다.

"저 애가 하는 말이 무슨 말인지 도통…… . 하긴 우리 일이 아니니까."

"우리가 신경 쓸 일이 아니지."

세 번째 숯장사도 한숨을 내쉬며 말했다.

그리고 나서 셋은 수레에 앉아 바퀴를 삐걱거리며 먼지 속으로 사라졌다.

붉은 돛의 비밀

붉은 돛의 비밀

하얀 아침이었다. 거대한 숲속에 상서로운 기운으로 가득 찬 가느다란 김이 서려 있었다. 방금 자신의 모닥불을 떠난 이름 모를 사냥꾼이 강을 따라 움직이고 있었고, 나무들 사이로 열린 대기 속에 새벽이 빛나고 있었다. 사냥꾼은 방금 산 쪽으로 향한 듯한 곰의 발자국을 살피며 나무들 쪽에서 멀어졌다.

사냥꾼의 불안한 추격과 함께 나무들 사이로 갑작스레 클라리넷의 노랫소리가 울려 퍼지기 시작했다. 악사는 갑판으로 나오며 길게 반복되는 슬픔에 가득 찬 멜로디를 연주했다. 연주는 슬픔을 감추는 사람의 목소리처럼 떨렸고, 소리가 점점 커지면서는, 슬픔 속으로 미소를 던지고, 마침내 폭발해 버렸다. 먼 메아리가 같은 멜로디를 희미하게 따라했다.

나뭇가지에 발자국이 끊어진 자리를 표시해 둔 사냥꾼은 바다 쪽으로 향했다. 안개는 아직 걷히지 않았고, 그 속으로는 천천히 강의 하구 쪽으로 방향을 돌리는 거대한 배의 윤곽이 보였다. 배의 펼쳐진 돛은 테두리 장식을 달고 돛대를 따라 뻗어 내려가면서 어마어마한 주름을 가진 방패처럼 돛대를 덮어 배에 생기를 더해 주었다. 사람들의 목소리와 발자국 소리들이 들려왔다. 해변의 바람은 게으른 돛을 때렸고, 마침내 태양의 열기가 필요한 효과를 더해주었다. 대기의 압력이 강해지면서 안개를 흩어 버렸고, 이슬이 가득 맺힌 가벼운 붉은색 돛의 실루엣을 따라 햇빛이 흘러내렸다. 장미빛 그늘이 돛대와 백색의 다른 삭구들을 따라 미끄러졌고, 푸른 기쁨 속에 유유히 움직이는 펼쳐진 돛의 빛깔 외에는 모든 것이 흰빛이었다.

해변에서 이 광경을 바라보고 있던 사냥꾼은 그가 보고 있는 것이 다른 게 아니라 바로 그것이라는 확신이 들 때까지 오랫동안 눈을 비벼댔다. 배는 모퉁이를 돌아 모습을 감추었지만 사냥꾼은 계속해서 배가 사라진 곳을 바라보고 있었다. 그리고는 말없이 어깨를 움츠리고는 자신의 곰을 찾아 나섰다.

〈씨크리트〉가 강을 항해하는 동안 그레이는 선원의 키 운전을 지켜보며 조정석 옆에 서 있었다. 그는 얕은 여울이 두려웠다. 빤쩬은 그 옆에 새 제복 차림에 반짝이는 새 모자를 쓰고 면도를 한 말쑥한 모습으로 앉아 있었다. 그는 예전처럼 붉은 돛과 그레이의 직접적인 목적과의 아무런 관계를 느끼지 못하고 있었다.

"이제."

그레이가 말했다.

"내 돛이 붉어지고 바람이 좋으면, 내 가슴 속에는 작은 도우넛을 보았을 때 코끼리가 느끼는 행복보다 더 큰 행복이 찾아들 것입니다. 나는 어제 리쓰에서 말했던 것처럼 내 생각으로 여러분을 채우려고 노력할 것입니다. 기억하십시요. 나는 여러분을 어리석다거나 고집이 세다고는 생각하지 않습니다. 아닙니다, 여러분은 모범적인 선원이고 그건 많은 것을 의미합니다. 여러분들은 삶이라는 두꺼운 유리를 통해 어떠한 잔꾀도 부리지 않는 진실의 목소리를 들으십시요. 진실은 소리치고 있지만 여러분은 듣지 못하고 있는 것입니다. 나는 오래전부터 사실로 존재해오고 있었고, 실현 가능한 것이었던 꿈, 그 실존하는 꿈을 이루려고 합니다. 그것은 마치 교회로 향하는 산책처럼 정말 쉽게 이룰 수 있는 것입니다. 곧 여러분은 내가 여러분의 눈앞에서 벌이는 그러한 방법이 아니면 결혼할 수 없고, 또 해서도 안되는 한 아가씨를 보게 될 것입니다."

그는 우리가 이미 잘 알고 있는 것을 다음과 같은 설명으로 끝내며 선원들에게 자신의 의사를 전했다.

"여러분들은 여기서 운명과 의지 그리고 성격이 얼마나 밀접하게 엮여 있는지를 보시게 될 겁니다. 나는 나를 기다리고, 또 오직 나만을 기다릴 수 있는 여인에게로 갑니다. 나는 그녀 외에 다른 사람은 그 누구도 원치 않으며 그것은 어쩌면 바로 그녀 덕분에 내가 하나의 소박한 진실을 깨달았기 때문인지도 모르겠습니다. 그녀는 기적이라고 불리는 것을 자기 손으로 만들고 있습니다. 만약 어떤 사람에게 있어 중요한 것이 5까뻬이까 (역주. 러시아의 화폐단위)를 받는 일이라면 그 5까뻬이까를 주는 것은 쉬운 일입니다. 하지만 영혼이 기적이라는 불 같은 식물의 씨를 숨기고 있을 때는, 만약 사정이 허락한다면 그에게 그 기적을 만들어 주어야 합니다. 그 사람에게 새로운 영혼이 생길 것이고, 당신 자신에게도 새로운 영혼이 생기게 될 것이기 때문입니다. 감옥의 책임자가 스스로 죄수를 풀어 줄 때, 백만 장자가 거지에게 빌딩과 여자 오페라 가수와 금고를 선물해 줄 때, 경마 기수가 운이 없는 숫말을 위해 암말을 선물해 줄 때, 모든 사람들은 이것이 얼마나 유쾌하고 말할 수 없이 기적적인지를 알게 될 것입니다. 미소, 명랑함, 용서 그리고 꼭 필요할 때 해주는 위로, 이런 것들을 할 줄 안다는 것은 모든 것을 할 줄 안다는 것을 뜻합니다. 나에 대해 말하자면, 우리의 시작, 나의 시작 그리고 아쏠은 이런 사랑할 줄 아는 깊은 가슴을 만들어 낸 저 돛의 붉은 빛깔 속에 영원히 남아 있을 겁니다. 여러분, 나를 이해하시겠지요?"

“물론입니다, 선장님.”

빤쩬은 깨끗하게 준비된 손수건으로 단정하게 수염을 닦으며 소리쳤다.

“저는 전부 이해했습니다. 선장님은 저를 감동시켰어요. 아래로 내려가서 어제 양동이를 물에 빠뜨렸다고 욕했던 닉스에게 용서를 구해야겠군요. 그리고 그에게 담배를 돌려줄 겁니다. 카드 놀이에서 저한테 잃었거든요.”

그레이가 자신의 이야기가 낳은 이렇게 빠른 실질적인 결과에 대해 몇 마디 하기도 전에 빤쩬은 사다리를 따라 아래로 쾅쾅거리며 내려가기 시작했고, 어디선가는 한숨소리가 들려왔다. 그레이는 위를 한번 바라보고는 주위를 살폈다. 그의 위에서는 말없는 붉은 돛이 작열하고 있었다. 태양은 돛의 매듭 속에서 빛나고 있었다. 〈씨크리트〉는 해변을 떠나 바다로 나갔다. 그레이의 영혼 속에는 아무런 의구심도 없었고, 불안한 충격도, 세심한 보살핌을 요하는 소음도 없었다. 돛처럼 평온하게 말을 앞지르는 생각들로 가득 차 목표를 향해 돌진하고 있었다.

정오 무렵 수평선에는 전투 순양함의 연기가 보였고, 순양함은 방향을 바꾸어 거리를 두고 신호를 올렸다.

“부표하라!(역주.선박이 일정한 위치에 머물도록 하는 것.)”

“형제들.”

그레이가 선원들에게 말했다.

“우리에게 발포하지 않을 겁니다. 두려워하지 마십시오. 그들은 그저 자신들의 눈을 믿지 못하는 겁니다.”

그는 정류할 것을 명령했다. 빤쩬은 마치 배에 불이 난 것처럼 소리치며 〈씨크리트〉를 바람 부는 방향에서 돌려 놓았다. 순양함으로부터 승무원과 흰 장갑을 낀 중위를 태운 두 척의 배가 다가오는 동안 배는 멈추어 있었다. 중위는 배의 갑판에 올라서서는 당황스러운 듯 주위를 돌아보고 그레이와 함께 선실로 들어갔다가, 한 시간 후에 미소를 띤 채 손을 내저으며 나왔다. 문자 그대로 예를 갖춘 대접을 받고는 다시 순양함으로 돌아갔다. 이번에는 그레이가 단순한 빤쩬보다 더 큰 성공을 거둔 것 같았다. 그것은 순양함이 속도를 줄이더니 수평선에 대기를 거대한 칼로 가르는 것처럼 연기를 내뿜으며 웅장한 폭죽을 발사했기 때문이었다. 이 폭죽은 조용한 바다 위에서 작은 불꽃으로 사라졌다. 하루 종일 순양함에는 어떤 축제 같은 분위기가 감돌고 있었다. 여기저기서 말해지는 사랑이라는 표지판 밑에 모두들 길을 잃은 것 같았다. 살롱에서 기계수부실에 이르기까지 모든 곳에서 사랑에 대한 이야기를 했다. 지뢰 부대의 보초병이 지나가는 선원에게 물었다.

"톰, 당신은 어떻게 결혼했나요?"

"그녀가 내게서 달아나 창문 밖으로 뛰어내리려고 할 때, 내가 치마를 잡았지."

톰은 이렇게 말하고 자랑스럽게 수염을 매만졌다.

얼마 동안 〈씨크리트〉는 해변에서 멀어져 텅 빈 바다를 항해했고, 정오 무렵 멀리 해변이 모습을 드러냈다. 망원경을 든 그레이는 까뻬르나를 찾아냈다. 만약 이어진 지붕들이 없었다면 그는 한 집의 창문 안으로 책 한 권을 앞에 놓고 앉아 있는 아쏠을 찾아냈을 것이다. 그녀는 책을 읽고 있었다. 책장을 따라 녹색빛 도는 작은 딱정벌레 한 마리가 멈춰 섰다 앞발로 섰다 하며 기어가고 있었다. 벌레는 잡혀 있는 것처럼 보이지는 않았지만, 집에서 살고 있는 것 같았다. 벌써 두 번씩이나 딱정벌레는 화가 난 듯 창문턱으로 기어갔다 다시 참을성 있게 나타나곤 했다. 마치 무언가를 이야기하고 싶어하는 것 같았다. 이번에는 책장 끝을 잡고 있는 아쏠의 손에까지 다다르는 데 성공했다. 여기서 딱정벌레는 〈쳐다 봐〉라는 단어를 발견하고 의심스레 그 단어 앞에 멈춰 섰다. 그리고는 정말로 간신히 사고를 모면했다. 아쏠이 소리를 질렀기 때문이었다.

"또 딱정벌레잖아……바보……."

그리고는 단호히 손님을 풀밭으로 불어버리려 하는 순간, 이쪽 지붕에서 저쪽 지붕으로 우연히 시선을 옮기다 그녀는 속에 나타난 바다의 푸른 틈새로 붉은 돛을 단 하얀 배를 발견했다. 그녀는 몸을 부르르 떨었고, 허리를 펴고는 그 자리에 얼어붙어 버렸다. 잠시 후 머리가 핑돌 정도로 떨리는 가슴을 안고 그녀는 펄쩍 제자리에서 뛰어올랐다. 영혼의 전율로 인해 참을 수 없는 눈물이 피어올랐다. 이때 〈씨크리트〉는 해변 구석에 왼쪽 측면을 대고 바다 쪽으로 튀어나온 작은 땅을 돌고 있었다. 작은 음악 소리가 실크의 붉은 빛깔 아래 흰 갑판 위에서 푸른 바다로 흐르고 있었다. 리듬감 있는 음악은 노래 가사를 성공적으로 알아들을 수 있게 전하지는 못했다.

"술을 따르시오, 따르시오, 큰 술잔에―그리고 친구들이여 사랑을 위해 마십시다……."

이 음악의 단순한 리듬 속에 흥분이 젖어 들었다.

집을 어떻게 하고 나왔는지 생각조차 나지 않는 아쏠은 운명적인 사건이 일어나고 있는 바다를 향해 달리고 있었다. 첫 번째 모퉁이에서 그녀는 온몸에 힘이 빠져 자리에 멈추어 섰다. 그녀의 다리는 힘없이 쓰러졌고, 호흡은 불타오르는 듯 힘겨웠으며 의식은 겨우 정신을 잃지 않을 정도였다. 자신의 마지막 힘을 잃어버릴 것 같은 공포로 인해 그녀는 발을 헛디뎠고, 그리고는 다시 내달렸다. 순간적으로 지붕이, 또는 울타리가 그녀의 시야에서 붉은 돛을 가렸고, 그러면 그녀는 그것들이 마치 유령처럼 사라져 버릴까 두려워 그녀를 괴롭히는 방해물들을 빨리 지나쳐 가려고 서둘렀다. 그리고 다시 배를 발견하고는 멈춰 서서 안도의 한숨을 내쉬었다.

2시간 동안 까뻬르나에서는 엄청난 지진의 효과에 뒤지지 않는 그런 소동과 흥분, 혼란이 일어났다. 이제껏 한 번도 커다란 범선이 이 해변으로 다가온 적이 없었고, 또 그 범선에는 그 단어 자체가 놀림처럼 들렸던 바로 그 돛이 달려 있었던 것이었다. 지금 그것은 생활과 정상적인 사고의 모든 법칙을 반박해왔던 사실의 무죄를 입증하면서 선명하게, 논박의 여지없이 불타고 있었다.

남자들, 여자들, 그리고 아이들이 해변으로 모여들었고, 사람들은 마당에서 마당으로 소리를 질러대며 서로서로를 찾았다. 곧 해변에는 군중이 운집했고, 그 군중 속으로 열심히 아쏠이 달려들어 왔다.

미처 그녀가 당도하지 않았을 때, 그녀의 이름은 신경질적이고 음울한 불안감과 경악 속에 빠져 있는 사람들 사이를 날아다녔다. 더 많은 이야기를 한 것은 남자들이었다. 뱀처럼 쉭쉭거리는 소리를 내며 짓눌린 목소리로, 그리고 기둥처럼 굳어버린 여자들은 흐느껴 울기도 했다. 그러나 만약 여자들이 이제 비탄에 빠지기 시작했다면 독은 이미 머리까지 퍼졌을 터였다. 아쏠이 나타나자마자 모든 사람들은 순식간에 조용해졌고 모두들 두려움에 그녀에게서 물러났다. 그녀는 작열하는 텅 빈 모래밭에 홀로 남았다. 얼이 빠져 버린 듯한 수줍은 모습의 그녀는 자신의 기적만큼이나 붉게 얼굴을 붉히며 높은 범선 쪽으로 무작정 팔을 뻗은 채 서 있었다.

범선으로부터 햇빛에 그을은 노젓는 사람들로 가득 찬 보트가 떨어져 나왔다. 그들 사이에는 바로 그, 이제는 그녀가 어린 시절부터 알아왔고, 희미하게 기억하고 있었던 듯한 그가 서 있었다. 그는 조급해하고 있는 그녀를 미소 지으며 바라보고 있었다. 그러나 우습게도 천 가지의 마지막 공포가 아쏠을 덮쳤다. 모든 실수, 미심쩍음, 비밀스럽고 음모에 찬 방해를 두려워한 그녀는 따뜻한 파도 속으로 뛰어들며 소리쳤다.

"나 여기 있어요, 나 여기 있어요! 내가 바로 나예요!"

그때 찜메르는 활대를 휘둘렀다. 그러자 멜로디가 군중의 신경을 따라 흘렀다. 그러나 이번 멜로디는 엄숙한 합창으로 가득 차 있었다. 흥분으로, 구름과 파도의 움직임으로, 물의 반짝임으로 소녀는 이제 자신이 움직이고 있는지 어쩐지도 알 수 없었다. 그녀, 범선, 보트, 그 모두는 움직이고 있었고, 뱅뱅 맴돌며 가라앉고 있었다.

그 순간 노가 그녀 가까이에서 날카롭게 반짝였다. 그녀는 머리를 들었다. 그레이가 몸을 숙였고, 그녀의 손이 그의 허리를 잡았다. 아쏠은 눈을 감았다. 그리고는 재빨리 눈을 뜨고 그의 반짝이는 얼굴을 향해 용감하게 미소 지었다. 그리고는 말했다.

"맞아, 꼭 이렇게 생겼어."

"그대도 마찬가지요, 내 사랑!"

물에 젖은 보석을 건져낸 그레이가 말했다.

"이렇게 내가 왔소, 당신은 날 알아보았나요?"

그녀는 새로운 영혼으로 떨리는 눈을 감고 그의 허리를 잡은 채 고개를 끄덕였다. 행복은 그녀 안에서 털 많은 고양이 한 마리가 되어 가만히 앉아 있었다. 아쏠이 눈을 뜨려고 마음 먹었을 때, 파도의 반짝임 속에 보트가 크게 흔들리며 〈씨크리트〉의 측면으로 가 닿았다. 모든 것이 꿈 같았다. 마치 장난을 치는 것처럼 빙빙 돌며 빛과 물이 흔들렸다. 그녀는 그녀가 그레이의 힘센 손에 이끌려 어떻게 범선으로 올라갔는지 기억하지 못했다. 양탄자로 덮인 갑판은 붉게 반짝이는 돛 아래에서 마치 천국 같았다. 그리고 곧 아쏠은 선실 안에 서 있는 사람을 보았다. 그것은 더 이상 말이 필요 없는 최상의 것이었다.

그때 위쪽에서 가슴 떨리는, 심금을 울리는 음악 소리가 다시금 울려퍼졌다. 아쏠은 만약 그녀가 자세히 바라보면 이 모든 것이 사라질까 두려워 다시 눈을 감았다. 그레이는 그녀의 손을 잡았고 이제는 어디로 그녀를 안전하게 데리고 가야 할지를 알았다. 그녀는 그렇게도 마법처럼 자신을 찾아온 친구의

가슴에 눈물 젖은 얼굴을 묻었다. 누구도 표현할 수 없을 만큼 소중한 순간이 왔다는 것에 스스로 놀란 그레이는 미소를 지으며 아주 오래전부터 그려온 얼굴을 조심스레 위로 들어올렸고, 그녀의 눈은 마침내 분명하게 열렸다.

"나의 롱그렌도 함께 데리고 가는 건가요?"

그녀가 말했다.

"물론이지요."

그리고 그는 그의 강철 같은 〈물론이지요〉라는 말에 이어 그녀에게 뜨겁게 입맞추었고, 그녀는 웃기 시작했다.

이제 우리는 그들에게 그들만의 시간을 가질 필요가 있다는 걸 알고 있으므로 그들에게서 떠나기로 하자. 세상에는 여러 가지 언어와 여러 가지 수식어들이 많지만, 그들이 이날 서로 주고받은 말을 모두에게 전하기란 불가능할 것 같다.

그건 그렇고 돛대 옆, 벌레 먹고 바닥은 깨진, 백년 동안의 어두운 행복을 열어주는 술통 옆에는 벌써 모든 선원들이 기다리고 있었다. 아뚜부드는 서 있었고, 빤젠은 마치 새로 태어난 사람처럼 정중하게 앉아 있었다. 그레이는 위로 올라가 오케스트라에게 신호를 보냈고, 제모를 벗어 던지고는 커트 유리로 만든 술잔으로 첫잔을 올렸다. 금관악기의 노래 속에는 성스러운 포도주가 있었다.

"자……"

그는 술잔을 비운 후 잔을 던져 버렸다.

"이제는 마시세요. 마시지 않는 사람은 모두 내 적입니다."

그는 이 말을 반복할 필요가 없었다. 이때 돛 아래에서 영원히 공포에 빠져버린 까뻬르나로부터 〈씨크리트〉는 떠났고, 술통 주변의 혼잡은 큰 명절에 벌어지는 온갖 종류의 떠들썩함을 만들어내고 있었다.

"어때, 마음에 드나?"

그레이가 레찌까에게 물었다.

"선장님!"

무슨 말을 해야 할지 고민하며 선원이 말했다.

"제가 그의 마음에 들었는지는 모르겠지만 제 느낌에 대해서는 깊이 생각해 볼 필요가 있어요. 벌집과 정원!"

"뭐라구?"

"제가 말하고 싶은 건요. 제 입 속으로 벌집과 정원이 들어왔다는 거예요. 행복하세요, 선장님. 그리고 제가 운반하고 있는 〈가장 훌륭한 짐〉, 〈씨크리트〉 호의 가장 좋은 선물도 행복해야 해요!"

다음날 날이 밝기 시작할 무렵, 배는 까뻬르나에서 한참 멀어져 있었다. 선원들의 일부는 잠들었고, 일부는 그레이의 포도주에 일격을 당해 갑판 위에 누워 있었다. 초병만이 서서 키를 잡고 있었고, 선미에는 술에 취한 찜메르가 턱옆으로 첼로의 목을 잡고 생각에 잠겨 앉아 있었다. 그는 첼로의 현이 지상의 것이 아닌 목소리로 마법의 이야기를 하도록 조용히 활대를 움직이며 행복에 대한 생각에 잠겨 있었다…….

작품 해설

알렉산드르 그린(1880.8.23.~1932.7.8.)

본명은 알렉산드르 스쩨빠노비치 그리녜프스끼, 산문작가이자 시인이다. 그의 유년 시절은 고리끼의 유년 시절을 떠올리게 한다. 13세의 나이에 어머니를 잃고 16세 때 아버지마저 시베리아 유형에 처해진 그는 16살짜리 소년의 몸으로 홀로 세상에 버려지게 된다. 극도로 예민하고 자존심 강하고 반항적이었던 그는 작은 고향마을을 떠나 어린 나이로 바다 위를 항해하면서 뱃사람으로서의 삶을 꿈꾸기도 했다. 하지만 그는 두 번의 항해 뒤에 그에게 뱃사람으로서의 재능이 부족함을 깨닫게 되었고, 그 후로 짐꾼, 제빵공, 농부, 어부, 철도, 노동자, 사금파리 등의 여러 작업을 거쳤다. 이런 불안정한 생활에는 항상 굶주림, 구걸, 질병이 동반했지만 그럼에도 불구하고 그는 방랑생활의 낭만에 매료되어 있었다.

어린 시절부터 독서를 좋아했고 청년 시절 시를 습작해 보기도 했던 그린은 모스크바에서 본격적인 창작활동을 시작했다. 그는 1906년 처녀작을 발표했지만 알렉산드르 그린이라는 이름으로 최초로 발표된 작품은 1907년 뻬쩨르부르그 신문 『동지』에 실린 「사건」이라는 단편소설이었다.

그후 그는 그의 초기 작품들인 일련의 단편소설들을 발표했다. 「백조」, 「장난감」, 「천국」, 「여인숙」 이러한 작품들에서 그린은 방랑생활을 하며 그가 경험했던 삶의 냉혹함에 대해 이야기하고 도시의 삶 속에서 사소한 일들 때문에 인간성을 잃어가는 현실에 대해 이야기했다. 하지만 그린의 초기 작품에서 보여지는 러시아 문학의 리얼리즘적 전통은 자세히 살펴 보면 이미 그 내부에 낭만적 일탈에로의 갈망을 지니고 있었다. 이것은 그린의 초기 작품들의 주인공들을 살펴 보면 쉽게 알 수 있는데, 그들은 현실의 생활을 못마땅해 하면서도 그것에서 벗어나려 몸부림치는 자신들의 시도 또한 참을 수 없어 하고, 이런 상황 속에서 주인공들은 이 지루한 현실에서의 탈출을 꿈꾸었던 것이다.

그가 낭만주의적 작가로 돌아서게 된 중요한 요인으로 작용했던 것은 많은 독서를 통해 받은 서구 작가들의 영향이었다. 하지만 그러한 영향 속에서도 그린은 휴머니즘을 바탕에 깔고 있는 이상적 인간의 발견이라는 자신만의 독창적인 낭만주의를 창조해내었다. 1908년 발표된 「그녀」라는 작품에서 그린은 현실과의 부조화 상태에 빠져 있는 주인공의 심리상태를 심도 있게 파헤치고 있고, 1909년 발표된 「비행성」이라는 작품에서는 강한 개성에 대한 낭만주의적 개념 정립에 몰두했다. 이러한 작품들의 발표와 함께 그린은 상상의 세계에서만 존재하는, 이국적인 배경을 설정하고 그 속에서 사건이 발전해가는 낭만주의적 작품들을 발표하기 시작했다. 이 작품들 속에서 그는 비타협적으로 위험을 향해 돌진해 나가고, 다채롭고 이국적인 세상을 끊임없이 추구하는 낭만적 주인공들을 창조해냈다. 그린 자신이 이러한 류의 최초의 작품이라고 생각한 것이 「레노 섬」(1909)이었다.

하지만 1909년에서 1918년 사이 그린의 낭만주의적 주인공들은 사회와 사람들로부터의 여러 가지 '탈출'들을 시도해 보면서 복잡한 진화의 과정을 겪게 되었다. 이러한 진화를 통해 그린의 창작에 있어 기본 개념으로 등장하게 된 것이 극대화된 도덕성이다. 완성을 향해 끊임없이 나아가는 인간의 노력이라는 개념이 그를 사로잡은 것이었다. 그린은 작품들 속에서 반항심, 정직, 목표를 향한 노력, 그리고 마음의 눈으로 인간들 속에서 선량함의 기초를 발견해 내는 재능을 시적으로 표현했다.

그러던 중 그는 1921년 그가 가장 마음에 들어했던 작품인

「붉은 돛」을 발표했고, 그 후로도 「빛나는 세상」, 「파도 위를 달리는 여자」 등의 작품을 발표하면서 세상에 대한 낙천적인 시각을 가지고 있는 진정한 낭만주의자로서의 면모를 과시했다. 이것이 바로 러시아 문학사에서 그린이 가지고 있으면서 그 속에서 그만의 독특함으로 문학의 새로운 한 유형을 창출해 낸 그의 작가적 독창성은 문학사에서 재평가되어야 할 것이다.

한국 독자들의 〈알렉산드르 그린〉과의 첫만남에 부쳐

알렉산드르 그린은 자신의 독특한 낭만적 성향으로 인하여 러시아 제도권 비평가들로부터 좋은 평가를 받고있지는 못하다. 그들은 이렇게 이야기한다. "그린은 단지 본질적이고 숙명적인 것에 대해서만 이야기할 뿐, 생활이나 인간의 기본적인 생각 속에 살고 있지 않다."

하지만 그럼에도 불구하고 그린의 「아쏠과 그레이(원제:붉은 돛)」라는 작품은 사춘기를 겪을 무렵의 러시아 소년, 소녀들 사이에서 가장 널리 읽히는 고전으로, 70여 년이 지난 오늘날에 이르기까지 우리의 아이들에게 언젠가 찾아올 순수하고 아름다운 사랑을 꿈꾸게 한다.

그린은 낭만주의자다. 그럼에도 그는 자신의 상상의 세계 속에 생생한 현실감을 불어 넣으려 애쓰고 있다. 그린에게 있어서 낭만주의적 설정들은 특별히 꾸며 낸 그 어떤 것으로서가 아니라 그의 세계관의 자연스런 특수성으로 받아들여지는 것이다. 그는 이렇게 말한 적이 있다. "나는 내 삶이 다하는 날까지 내 상상의 밝은 부분들 사이에서만 방황하고 싶다." 물론 그가 가진 세계관의 한계성을 증명해 주는 아름다운 영혼에 대한 유토피아적이고 낙천적인 특징들이 그의 작품들 속에서 발견됨을 인정하지 않을 수 없다. 그러나 그러한 한계를 가지고 있었음에도 그가 이러한 낭만주의적 기법들을 통해 전하고자 하는 메시지의 건강함으로 인해 그는 특별한 낭만주의자로 분류된다.

1916년 자신이 10년 간 창작한 작품들을 스스로 평가하면서 예술에 대한 자신의 입장을 밝히려 노력했던 그는 고민 끝에 이러한 결론에 도달했다. "예술은 결코 악을 만들어 내지 않는다. …예술은 모든 자유의 이상적인 표현이다." 즉 그린에게 예술이란, 인간 존재의 주요한 수단, 모든 불행을 치료하고 고독과 자기중심주의를 극복할 수 있는 가능성을 주는 기본적인 수단을 의미하는 것이다. 그는 예술에 대한 이러한 태도를 견지함으로써 러시아의 문학적 전통에서 벗어나지 않을 수 있었다.

그린은 이 작품을 자신의 가장 완성도 높은 작품이라고 간주했다. 그에 부응이라도 하듯 러시아 독자들 역시 그린의 작품들 중 「아쏠과 그레이」를 가장 아끼고 사랑한다. 이 작품이 가지고 있는 낭만적인 사랑과 오랜 기다림의 실현이라는 매력적인 주제 외에도 이야기의 구석구석에서 느낄 수 있는 섬세함과 아기자기한 비유들이 독자들의 가슴에 남아 오랫동안 따스한 온기를 전해 주기 때문이다.

끝으로 그린의 작품이 한국에서 번역, 출간된 것을 축하하며 어느 비평가의 말로 이 글을 마무리할까 한다. "하루하루가 먼지에 뒤덮이고, 주위의 빛깔들이 퇴색하기 시작하면 나는 그린의 책을 집어들고 아무 페이지나 펼쳐 읽기 시작한다. 이렇게 나는 집의 유리창을 닦듯 하루하루를 닦는다. 그러면 모든 것들은 빛을 발하고, 선명해지고, 모든 것들은 마치 어린 시절에 그랬던 것처럼 비밀스런 흥분에 휩싸이게 된다."

러시아 민족우호대학 교수

류보프 빅또로브나 체르나모레츠

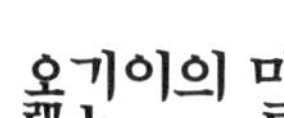

옮긴이의 말

누구나 생활에 지쳐 힘겨울 때면 다시 꺼내 읽고 싶어지는 책 한 권, 편안하게 듣고 싶어지는 노래 한 곡쯤은 가지고 있을 것이다. 문득, 세상이 내게서 등을 돌려 버리는 것 같고, 갑자기 모든 걸 버리고 어디론가 훌쩍 떠나 버리고 싶어질 때 말이다.

「아쏠과 그레이」의 번역 작업을 하면서 자주 이런 생각을 하곤 했다. 내게서 등을 돌려버린 것 같은 세상의 얼굴을 다시 한번 바라보려 애쓰게 하는 힘은 어디서 오는 것일까? 무엇이 호기 좋게 떠나 보려는 나의 발목을 쉽게 놓아 주지 않는 것일까? 그건 아마도 어린 시절부터 무언지 모르게 내 주변에서 날 포근히 감싸 주었던 따스함의 기억과 온갖 어려움에 부딪히면서도 쉽게 버릴 수 없는 희망일 것이다. 주인공 아쏠은 우리에게 이 '따스함'과 '희망'이라는 단어를 떠올리게 한다.

아쏠은 자신이 자라 어른이 되면 아름다운 청년이 붉은 돛을 단 범선을 타고 그녀를 데리러 오리라는, 어린 시절 한 마법사가 들려준 이야기를 믿고 주위의 시선에도 아랑곳없이 그 믿음과 희망을 지켜 나간다. 그녀를 힘들게 하는 많은 상황 속에서도 아쏠은 세상을 바라보는 따뜻한 시선을 잃지 않은 채 언젠가 다가올 그날을 위해 준비한다. 아쏠을 위해 붉은 돛을 올리는 그레이 역시 많은 경험을 통해 얻게 된 통찰력으로 진정한 기다림과 희망이 무엇인지 알고 있는 아쏠을 발견하고는 그녀의 바람을 실현시켜 주기 위해 치밀한 계획을 세운다. 진정한 사랑을 만나기 위해 오랜 시간을 준비하는 두 사람, 소중한 보물처럼 가슴 속 깊이 간직한 희망, 주위의 냉혹한 시선에도 불구하고 잃지 않았던 세상을 대하는 따뜻함. 이 모든 것이 바로 우리가 「아쏠과 그레이」를 통해 읽을 수 있고, 얻을 수 있는 것들이다.

그린의 「아쏠과 그레이」는 한 편의 동화 같은 작품이다. 작품 전체에 깔린 낭만적인 분위기가 그렇고, 아기자기한 디테일, 작품이 전달해 주는 메시지가 그렇다. 하지만 이러한 동화적인 요소들이 사실적이고 치밀한 비유와 결합되면서 작품에 삶의 진실이라는 무게감을 더해 주고 그의 작품들을 일반적인 낭만주의 작품과 구별시켜 준다. 특히 「아쏠과 그레이」는 여러 가지 다양한 에피소드들이 전체적인 스토리 속에 적절하게 배열되어 있고, 하나하나의 작은 사물들까지도 사실적이고 생생하게 묘사되어 있어 작가의 뛰어난 상상력과 섬세함에 경탄을 보내지 않을 수 없게 한다. 하지만 이 작품이 오랫동안 기억에 남는 까닭은 그의 이러한 문학 기법의 장점들보다도 작가의 인간에 대한 믿음, 삶에 대한 희망, 세상을 보는 따뜻함이 마치 어린 시절 할머니께서 들려주셨던 옛날 이야기처럼 힘든 세상을 살아가는 우리들을 지켜 주기 때문일 것이다.

「아쏠과 그레이」의 번역을 끝내면서 내가 가진 희망과 기다림의 깊이는 어떠했던가 다시 한번 생각해 보게 된다. 또 붉은 돛배가 나를 데리러 올 그날을 맞이하기 위한 나의 준비는 어떠한지도…….

류필하